苗得雨诗文启示录

激情创造　时代印记

国承新　著

山东教育出版社

序

心灵的对话

——读国承新《苗得雨诗文启示录》

张洪兴

一本新书出版的意义，在于能不能给读者带来新的信息，新的发现，能不能给读者新的知识，新的启迪。作家国承新先生的评论集《苗得雨诗文启示录》像缕缕春风，给人一阵新风扑面、清爽可人的感觉，读后给人新的启发和感悟。

收集到这本集子的评论大体上可分为两部分，一是关于著名作家苗得雨先生的诗的评论，二是评论苗得雨散文作品的文章。大约六十余篇，是作者从2005年9月以来评论苗得雨先生作品的结集。当然，这几年，国承新先生还写了不少诗歌、散文作品，他是一个闲不住的作家，这里，用闲不住也许并不恰当，因为我看到，他近年的写作似乎是有明确目标和计划的，比如这本诗文启示录就是不断实现一个计划和目标的果子。他说，他想做一个民间评苗得雨先生的第一人。

一

我以为，写好文学评论是很不容易的事情。写多了，很容易俗套与重复。

前些日子，见到著名评论家梁鸿鹰先生，他把他的最新评论集《守望文学的天空》送给了我。我向他请教，怎样才能写好文学评论，写文学评论怎样才能不落入俗套，没有千篇一律之感。他淡然一笑："换个角度就好办了！"最初见到承新这部评论集原稿的时候，担心的就是这一点。当我读完这些稿件的时候，觉得他是很会抓角度的，篇篇都有自己的特色。从大的方面归类，基本上也是分为两部分：一种是综合性的，既评论苗老的文章，又评价苗老的个人成长、品格、地位；一种是抓住一点，洒脱开来，评述苗老诗文的艺术个性和独创风格。

应该说，承新的这些综合性评论水平是高的，是有新的理解和判断的。这些评论如《他何以成为孩子诗人》《时间上的文章，品德上的学问》《再说他何以成为孩子诗人》《民歌传人——苗得雨》《歌谣大师——苗得雨》《抗战诗人——苗得雨》等，在这些文章里，作者写到，苗老的诗文之所以好，所以传世，所以让人喜爱，重要的原因就在于这些诗文的"警示性""拯救灵魂"的作用，"道理深"及风格的"独创"，"有超前意识""前端与底层"的哲学韵味。就连苗老读了这些评论也是肯定的。如在读了《抗战诗人——苗得雨》以后，写道："此文写得不错，专评点战争一段的诗，还没有人写过。"在读了《感恩，文学创作的原动力》一文后，苗老写道："此文写得很好，甚至可以说是你的发现。"在读了《诗歌的长久生命力在于警示》一文后，苗老写道："写的充满感情，这一评又有特点。发现了我写的发现的发现，我写的均是实言，可是大道理都总是实言。有人不写实言，实是他已虚了，他的事业便不会毕生。这又是我的感慨。这也是六十余年始终不停笔奥秘的揭示。"

二

在有些文章里，作者探讨了苗老世界观、生活观与创作的关系，在《他何以成为孩子诗人》《感恩，文学创作的原动力》《民间，文学创作的发源地》等文章里，比较全面地描述了苗老成长的要素基础和支撑，叙之有据，合情合理。在《民歌传人——苗得雨》一文里，作者分别从研究诗歌起步早，肯定了民歌的艺术地位，给民歌下了一个定义，破了一个谜底，指出了一种学习方向，身体力行率先垂范几个方面论述了苗得雨成为民歌传人的理由。在《歌谣大师——苗得雨》从理论研究独到,形式继承自觉,内容革故鼎新,有顶尖作品,坚持时间之久罕见等方面说明了苗得雨是何以成为歌谣大师的。在这里,作者把《旱苗得雨》看作是歌谣大师苗得雨歌谣的代表作。

作者继续深究苗得雨何以成为歌谣大师,民歌传人,成为文学大家的原因,在一些评论,诸如《诗歌拿人在真魂》《我为什么要写苗得雨》《时间上的文章,品德上的学问》《半本日记透风骨》谈到了这样一个视点,就是苗得雨所以能写出警世、传世的诗文,重要的就在于苗得雨是有高尚的品德,不懈的对真理的追求,和对事物的细致、深刻、透彻的认识。在《我为什么写苗得雨》中作者写道:“抗战诗歌代表了苗老少年时代在中国诗坛的影响,在山东诗坛的领袖地位。”苗得雨抗战的诗如描写“汉奸陈老三,送给鬼子 2 块钱,跟在鬼子腚后窜”“咬饼好似吃狗屎,咽饼好似鸡打鸣,嘴一张,脖一伸,两眼一挤一白瞪。”“中央军不爱财,裹脚布子腰里揣,破布碎片塞满怀……”“咱们告诉蒋介石,不让他卖国胡吊闹! 你拿镰刀我拿枪,你收麦子我打狼!”收在《苗得雨诗选》中的抗战诗歌共 33 首,是苗得雨在 1944 年至 1945 年间写成的,那时他也只是一个十三四岁的少年,能写出这样的诗,能认识到抗战必胜,共产党必胜,实属难得,这也就是苗得雨的诗真正深刻而不过时,真正警世传世的原因和前提。读了这些诗以后,对苗得雨的崇敬之情油然而生。

前几天,著名评论家胡平先生在谈到当前类型化小说的时候说,类型化小说反映的大多是人们的情感、励志等一些基本性需要,而阳春白雪性的作品反映的是人发展性方面的需要。这是特别难以把握的,苗老的艺术的视角把握了社会发展规律和事物的发展方向,这使他许多作品成为阳春白雪式的精品,自然也就为社会和人们喜爱,成为传世作品了。

三

探讨苗得雨诗歌、散文艺术特点的文章在集子中无疑占了较大的篇幅。这些评论文章或抓住一点,开拓下去,或以小见大,集中论述,或独辟蹊径,深人评论，都在力求寻找苗老创作的心路历程，独特的艺术构思和表现手法。诸如《深入浅出话求是》《此处不言诗，却是写诗处》《平中见奇方为高》《用情为文文自深》《一个特字定乾坤》《笔写一千，眼读一万》《诗歌要简短，拳头当攥紧》《看似随意却深沉》等等，不一而足，都在力求以多方面、多角度来展示苗老诗文里那丰富多彩的艺术世界。这一点，苗老自己也肯定了。在《平中见奇方为高》文章的最后，苗得雨批曰："这一文写得很深，分析得很到家。还没有见人有此角度。"在《看似随意却深沉》一文的后面，苗得雨写道："此文写得很好。有深度。狠下了功夫。几处分析，让我都心动。自己的文章，自己不敢看，每看说不定哪一句，便把自己戳哭了。几乎每看都哭一次，承新的文章，也有了这种作用。说明他理解了文章，体味得很深。"

写到这里，我突然觉得承新的这些评论一方面是力求全面地探索苗老诗文的艺术世界的内容与方法，而另一方面，也是在把苗得雨的诗歌、散文当作他的文学观和方法论的具体例证。由此看来，这确是一部很有些特点的评论集。这之前，承新对我说，评论集出版后，想在大学和中学里发一发，当时弄得我不置可否，无言以对。因为那时我还没有看过集子的文章，不知道那样做有何意义，现在我倒有些明白了，这本集子很像是一本由承新执笔的，由苗得雨独特多彩艺术世界构成的，怎样写诗文的教学参考书。

四

承新的这本评论集并不像有的评论那样，先抽象出一个特别的题目，然后多方刻意求证。他是用了四年多的时间，不间断地进行阅读、评述，日积月累地多角度、全方位展示了苗老诗歌和散文的精彩世界的评论集锦，这本身就已经构成了本书的重要特色。因此我认为，这是颇有价值，有意义的事情。春节前，我在北京见到著名评论家范咏戈时，他送给我一本《化蛹为蝶》，是他的最新评论集，他曾谦虚地说："搞评论既要关注文学发展大势，又关注特色作品，这本书或许有些资料价值。"在书里，他关注和评论的是几十年来全国的特色作品，读后颇受启发。现在读了承新的《苗得雨诗文启示录》，我同样是爱不释手，因为承新评论的苗得雨是代表文学发展大势的作家，最有特色和个性的作家。集中评论一个人“化蛹为蝶”，成就斐然，自然是很有价值的。

而我觉得不仅如此，此书的特点和价值还在于书中的文章都是苗得雨肯定了的。这是一位新手和老者的对话，是文学前辈和晚辈的互动和交流的结果。收在这个集子的文章，前面都有承新写给苗老的信，后面都有苗老的点评和批语。承新通过这些点评，得到了鼓励，学到了许多新的东西，苗老的大家风范，谆谆教诲，循循善诱，又不断给承新以写作的动力；而苗老在指点教诲的同时，有时也从中受到一些启发。比如苗老在读了评论《此处不言诗，却是写诗处》里写道：“此篇写得好，有见解，见解独特，连作者本人都受启发。”这就是：“文章应当这样写，此是一妙文。”这方面，前面已经引述了苗老的好几个点评了，不再详述。我想说的是，在这样一种互动、交流气氛下，生产出来的一本书应该是一种心灵对话的结果，是一种艺术互动的成果。这个集子里就收有《感受苗得雨》《苗得雨为我改诗稿》《苗得雨为我改文稿》这样的文章，详细记录了苗老为作者修改诗文，热心扶持新人的过程，读来确实为之动容。

承新是幸运的。文学离不开评论，文学家也离不开评论家，评论人的人得到被评论人不断、一如既往地亲切教诲，无疑是幸运的，令人羡慕的。在这样一种文学心灵的对话中，在苗老这样的文学大家的零距离指导下，我相信承新会有不断的新的发现和启迪献给读者。

2010.2.28 夜

本文作者系山东理工大学客座教授，硕士生导师，中国作家协会会员

导　语

我为什么写苗得雨

从 2005 年 9 月 16 日至今，我写了六十多篇读中国著名诗人、散文家苗得雨著作的感想。有的朋友问，中国有不少著名诗人，你为什么偏偏写苗得雨呢？我想，我不写别人是因为我不了解那些人。比如我只粗略地读过臧克家的《老哥哥》《老马》《六机匠》、艾青的《大堰河我的保姆》，我只了解他们的诗作，却不了解其为人；而对苗得雨就不是这样了。自从 1996 年苗老为我的处女诗集《风流孝妇河》作评相识至今，我们联系不断。苗老那种平易近人，那种热心，那种不厌其烦，那种燃烧自己、照亮别人的奉献精神，常常使人想起鲁迅、巴金等当年指导帮助年轻作者的故事。使我在不自觉中对苗老产生了一种感动，忽然想从读苗老的著作中发现对我个人或他人有用的创作技巧、理念、规律，用读书笔记的形式来记录对苗老作品和人的认识。这就是我写苗老的初衷。在这四年读苗老著作，写读后感的过程中，我慢慢发现苗老的著作和为人很不简单，这里边有一种长长的创作理念，就是为祖国而歌，为祖国而唱。他的诗歌来自于人民，为着人民。让我感受到了一位诗人六十多年来与祖国同呼吸共命运的赤心和跟随共产党奋斗的坚韧精神，也感受到了苗老在诗歌与散文的创作中独领风骚的过人之处。

战争时期的诗歌代表了他在中国诗坛的影响，在山东诗坛的领袖地位。如火如荼的抗日战争，风起云涌的解放战争，造就了无数的少年英雄人物。小英雄雨来、王二小，就是那个时代反抗侵略和压迫的小英雄。而 14 岁的苗得雨除了站岗放哨参加儿童团外，更重要的是用诗歌作武器，与各式各样的敌人进行你死我活的斗争。从 1944 年春到 1949 年，5 年时间选入《苗得雨诗选》的 33 首诗，选入《苗得雨六十年诗选》的 30 首诗。我们一读这些诗就会发现，苗老用这些诗为我们记录了一个时代，再现了那段历史。譬如要了解汉奸、国民党，就读一读《汉奸狗进门》《陈老三》《反奸诉苦》《铁算盘子来算账》《反蒋谣》，从中你不仅看到汉奸陈老三送给鬼子两块钱，跟在鬼子腚后窜，“咬饼好似狗抢屎，咽饼好似鸡打鸣，嘴一张，脖一伸，两眼一挤一白瞪”的孬种样。“中央军不爱财，裹脚布子腰里揣，破布碎片塞满怀”，“掀橱捣柜翻一阵，拿着双女人鞋窜了路”“蒋贼逮俺上锅熬”的丑态败相。古人云“窥一斑而知全豹”，我们仅从这几首诗就可以看出汉奸、国民党的失败是必然的。试想，一个十四五岁孩子都看不起的部队，还能打仗吗？在这里我们不仅看到了苗得雨用词的尖利，那“咬饼好似狗抢屎，咽饼好似鸡打鸣”岂是一个惟妙惟肖所能形容，而出自苗得雨之口的“我咬你狗皮当鞋掌，我咬你狗腿当火棒”，“长大报仇剥你的皮”，无不透着少年苗得雨憎爱分明的阶级立场和不做亡国奴的英气。要知道人民战争的宏伟画面，请看《支援前线联唱》《我送哥哥上战场》《支援淮海战役七章》《放哨歌》《大反攻歌》。看人民翻身的喜悦，不仅有“苗得雨，心欢喜，旱苗得雨旺嗤嗤”，还有《走姑家》《七月一日》《翻身过春节》等，都写得喜气洋洋，让人忍俊不禁。那“七月一，好日子，毛主席的相片来挂起，白头老奶奶，满脸笑嘻嘻，穿上新褂子，过来作个揖”，即便今天读起来也让人如临其境，栩栩如生。所以我敢说苗得雨的少年诗代表了一个时代，是那时中国的唯一。

诗歌创作创造了一种风格。中国是一个诗国，劳动创造了诗。诗人千千万万，不是五言便是七绝，不是古风，便是填词，现代诗、朦胧诗等等，可以说是诗歌如海，诗人如林。但再有名的诗人，基本都是擅长一种格式，而我读苗得雨的诗，仿佛感到他的诗是从民歌、歌谣、说唱、小调、古诗中走来，他是把民歌、歌谣、说唱、小调这几种形式咬碎了，嚼细了，幻化成一种从头至尾透着民歌风，透着现代风的苗体诗，带着生活的根脉、时代的节拍。他的诗数千首，散发着朝气和生机，长在田间地头、工厂、军营，有一种真实和亲切。读来朗朗上口，好记易懂，既没有八股味，又没有朦胧腔，而是明白如话，缓缓走来。他的诗为什么能够走入寻常百姓家，流传在人们的心头，我认为与继承了民歌的传统，接受了传统文化的优秀理念有关。既有深根，又有骨节，你看他写的《探妹》："深春把荣妹探望，荣妹劳动在田野上，辫儿盘在头顶上，裤角挽到膝盖上。"就有明显的说唱味。《草帽歌》中"一顶草帽麦杆编，戴着舒适又美观，摇在手中轻似扇，阵阵凉风爽心间。"而像《桂花咏》《龙井吟》《千头菊》等等几乎不用署名，一读就知是苗诗。这些诗，有的人读了可能感到有点白描，但恰恰是这些白描让我心生敬意，因为这些诗都打着生活的烙印，形象自然，一气呵成，读来顺口，易入心田。那首脍炙人口的《燕》"不要学花儿，只把春天等待；要学小燕儿，衔着春光飞来"，《三写春》用最少的语言阐述了"不要在春来时找春，大雪纷飞时她来临，她是冬的枝头，她是秋的深根。夏是她旧而复新的梦"，既喻人又喻物，一箭双雕；还有那《雨是这样落的》"用啼哭加以解脱"，写出了"众人都睡，我独醒"，《渣滓洞牢狱缺口》中"牺牲者未因牺牲而迟疑，健在的英雄是活着的集体"，《写在杜甫草堂》中"想到人的人才被人想到"，读来都有让人如梦方醒之感。苗老是不大写古体诗的，不大写但不意味着不懂。他的古体诗《题观澜阁》："难得大地存天然，有泉有波才可观，心兴也有波澜起，勃勃生机同此源。"《再访狮子楼记》还用《平仄趣谣》讲说了"古体写作用平仄，常说谁会谁不会。平仄本是平常事，世上无处不平仄。一呼一吸即平仄，抬脚落步也平仄，男字平声女字仄，长字平声幼字仄。多来米梭分平仄，若无平仄音无味"的妙处和新鲜，轻而易举地打破了平仄的神秘。可说是师古而不泥古，既继承传统，更锐意创新，冲破了古体诗的格式，吸取了古体诗的精髓，用民歌、歌谣、小调、说唱作原料，用生活去发酵，独创了打着苗氏印记的新体诗，让人读着亲，印象深，广流传，难离分。

苗老是 1944 年发表诗歌，14 岁成名。到 1954 年 24 岁出版了他的处女作《苗得雨诗选》，从 1959 年始，28 岁的他就开始研究文学理论，先后写出了《文谈诗话》上下编 95 篇，后来又写作并出版了《赏诗探艺》《苗得雨文谈诗话新编》《探艺集》4 本文学理论巨擘。中国有名的诗人、散文大家不少，但像苗得雨这样既善作又善评的不多。古人云："文无定法"，这就说明法还是有的。几十年来，苗得雨就在这"有法无定法"之间去探索，用他的经历，用古人的经典，用历史充实完善着一条创作道路。这就是"民间艺术源，提炼显神迹"。就是在做着继承传统，发扬光大，以民间为根基，以生活为源泉，以辩证唯物主义作杠杆来撬动诗文的创新和进步，不自觉中影响了一大批人，因而受到了人们的尊敬和爱戴。本书正是基于此而作，恳望方家指点。

国承新于淄博

目　录

001　序　心灵的对话
001　导语　我为什么写苗得雨

情感主题篇

003　感受苗得雨
006　苗得雨:一位挑动世人记忆的诗人
011　民歌传人——苗得雨
015　歌谣大师——苗得雨
018　抗战诗人——苗得雨
021　浅说苗得雨20世纪50年代诗歌的超前意识
023　感恩,文学创作的原动力
026　诗歌拿人在真魂
028　民间,文学创作的发源地
031　诗歌佳境在动心
035　用情为文文自深
038　他何以成为“孩子诗人”
041　再说他何以成为孩子诗人

045　半本日记透风骨
050　胸怀决定未来
052　惩恶扬善看嘲讽
054　从苗得雨处学丁玲
057　诗歌当在救魂灵
061　诗歌长久的生命力在于警世
064　“时间上的‘文章’，品德上的学问”
067　诗歌要流传，先迈三道坎
070　特色，文学创作的制高点
072　体味欲飞的诗歌
074　前端与底层的辩证法
077　文学不能赶行市
079　诗歌得失在视角
082　没有“晒根”，便没有旺长
084　三篇短散文，一个大课题
087　散文的最高标准是传递正能量
090　只有走出误区，才能渐入佳境
093　散文靠事实征服人心

风格形象篇

099　诗歌发展在创新
102　诗歌要“歌”是一种方向
104　飞起来的诗歌靠糊涂
106　文学风格在独创
108　“熔百家为一炉，出吾体于众匠”
111　八品八赏看传承
114　“三个善于”见高低

117 深入浅出话求实
119 平中见奇方为高
122 “笔写一千，眼读一万”
125 “借”字当头，“溶”在其中

语言修辞篇

131 “语言问题并不是个小问题”
134 此处不言诗，却是写诗处
136 画龙点睛看发挥
138 极品常在“四炼”后
140 叮咚作响韵当家
143 文学借鉴有讲究
145 一个“特”字定乾坤
148 四个“深”字有学问
150 诗歌妙在“不直说”
152 比喻使诗歌活起来
154 看似随意却深沉
157 散文耐读在信笔
160 诗歌要简短，拳头当攥紧
162 俗语不俗，妙用生花
165 诗不厌改方完美
167 “举得起，放得下，落地有声响”
169 言语不多道理深
172 散文难得像说话
174 苗老为我改文稿
176 抓土产，文学创作的战略思维
179 后记

情感主题篇

感受苗得雨

打从 1996 年苗得雨同志对我的诗集《风流孝妇河》进行评价指点始，我就想写一篇有关他对我影响的文章，可一直找不到切入点、突破口，在欲写不能，欲罢不忍中度过了十个年头。

今年 6 月 10 日，我到北京参加“2005 北京《新国风》端午传统诗人节”会议，见到了苗老师，便前去拜望，他说，这次到北京来，带了几套《苗得雨六十年诗选》，取出一套签名赠给我。当我接过装帧精美，厚且重的上下卷诗选时，感到荣幸和喜悦，我想我应好好拜读。

会议期间，我只翻看了前面的《陈老三》《‘汉奸狗’进门》《旱苗得雨》《铁算盘子来算账》《走姑家》几首就被深深吸引住了。当月 14 日回到了淄博，我用两个月的时间通读了一遍。进入 9 月，我又用半个多月的时间通读了第二遍。这是我有史以来读得最厚的诗集，1664 页 900 余首诗，越读越有味，读着读着，便有些感受要写，有些话要说，于是我便把受到的一些触动和启迪信马由缰，东一榔头，西一棒槌地写了下来。

对苗老师这样在全国享有盛誉的抗战诗人，独一无二的“孩子诗人”，我是没有资格和胆量说三道四，评头论足的。但心头有话憋不住，就一吐为快吧。

读苗得雨的诗，扑面而来的是时代感、爱国情。不管是他 14 岁还是孩童时写的那些形象逼真、纯朴、自然、入木三分、淋漓尽致的鞭鞑诗，还是建国后省内省外、国内国外的诗作，都承载着历史的重托，打着时代的烙印，读了使人有一种身临其境，追溯历史的感觉，使人感到诗人不仅在写诗，更是在写史，自觉不自觉地产生一种冲动，不是为那个时代而自豪，就是为那个时代而遗憾，既而萌发出一种时不我待的责任感、使命感。

假如说诗歌是时代的产物，那么大众便是孕育生长诗歌的土壤。他那为大众而歌，为大众而唱的用心在整个诗集中是一以贯之，从不动摇的。因此在他的诗中不管是赞颂解放、歌唱胜利，还是规劝人、批判事，都写得让读者看得见，摸得着。不管是人是物，一草一木，一沙一石，一山一水，都一一付以生命，用群众的语言，明白如话地写出来，送到群众中。从某种意义上可以说苗得雨是用群众的语言，为群众写诗，所以在群众中才有市场，才有威信，才有生命力，才扎下根。就拿《陈老三》中的“咬饼好似狗抢屎，咽饼好似鸡打鸣”，《旱苗得雨》中的“旱苗得雨旺嗤嗤，棵棵庄稼黄金米”，《走姑家》中的“崭新的文书手中拿，进门笑得把牙呲”这些看似普通平常的群众语言，用得活灵活现，形象自然，让人一看过目不忘。我接触的人不多，不管 70 岁左右的，还是 60 左右的写诗的人说“我是读着苗得雨的诗长大的”，不写诗的人也知道有个从小就写诗的苗得雨。苗老的诗之所以受大众欢迎，不仅仅是运用大众的语言，更重要的是他出身大众，植根大众，关心大众疾苦，为大众呼号，因而赢得了大众，受大众喜爱便是事物发展的必然。从苗得雨诗歌受大众喜爱的程度，虽不及臧克家、郭沫若那么厚重，然而就通俗易懂和便于为大众接受方面看，则是比前者有过之而无不及的，说他对山东诗歌以至中国诗歌都有很大影响恐不是过誉或溢美之词。

古人言：说书唱戏劝人方。这指的是舞台艺术的教化功能，而苗得雨的诗之所以受人欢迎，让人爱读，除了前面的两条原因之外，更重要的是在于他善于发现美，赞扬美；发现丑，批判丑；歌颂人，规劝人，教育人，使人闻出香臭，看出美丑，抛弃陋习，弘扬善良，为人类和谐、社会安康而歌而唱。他的诗猛一看明白如话，清澈如水，通俗得不能再通俗，在一些人看来可能没水平，没分量，其实苗得雨的诗表面上看来平实，骨子里透着深沉，几乎首首透着唯物辩证法，闪烁着哲学的光辉，他只不过是因了便于民众接受而为之。不信您看《燕》"不要学花儿，只把春天等待；要学习小燕儿，衔着春光飞来。"一个等待，一个衔着，就把被动与主动，依靠与自立，享受与创造两种认识，两种出发点，两种结果，褒与贬，歌颂什么，提倡什么写得形象，说得透彻，动人肝肠。还有《瓶中插花记》中"想着永远的得，却是永远的失"，不仅是在喻花，也是在警世。再是《关系谣》中"吃了关系糖，黑了心和肠。喝了关系水，烂了两片嘴。咽了关系果，卷着舌头说。使了关系钱，叫人当猴玩"这些一语中的，入木三分的规劝与鞭鞑，比起那"写鬼写妖高人一等，刺贪刺虐入骨三分"的蒲松龄还要来得直接，来得痛快，读着不禁使人击掌，解气。

读苗得雨的诗，感到似小溪流淌，淙淙有声；似泉水喷涌，清澈向上，耐读受看。诗作虽读了两遍，仍爱不释手，期望从中找出金豆子享受一生。

假如说读苗得雨的诗的感受是朴实无华，那么感受他的为人则是诗如其人，和蔼可亲，平易近人。既有大家风范，又有长者之德。十年来，我们相见三次，我三次想请他吃饭，他都婉拒，而对我打去的电话，他是必接；写去的信，必回；寄去的诗必看，必评，鼓励有加。他的诗与人一样，充满了文化，让人心存佩服。

2005 年 9 月 16 日早 8:30～10:40 一气呵成

苗得雨：一位挑动世人记忆的诗人

——读苗得雨先生诗文十卷有感

在山东乃至全国，一提起苗得雨三个字，一些六十岁左右的人都会不由自主地说，我是读着苗得雨的诗成长起来的，里边也不乏一些省、市级领导，没有半点矫揉和造作，而我也是怀着仰慕的心情，自 2005 年到 2010 年，用 5 年左右的时间研读了早在上个世纪四十年代就闻名抗日根据地，闻名于全国的“孩子诗人”《苗得雨六十年诗选》上、下卷，《苗得雨散文 1～5 集》以及他那本早就闻名于世的文学理论《文谈诗话》等 10 本书。这虽不是苗得雨先生诗文的全部，但却是精品中的精品，选本中的选本，透过这 10 本书，我们能看到苗得雨的文学之路，能感受到他在中国诗坛举足轻重的独特地位，读他的诗文每每有一种被牵挂的感觉，仿佛总是放不下，难忘怀。苗得雨的诗文之所以有如此魅力和引领作用，这主要是源于他诗文的艺术特色所引发的冲击波和震撼力。

读他的诗也好，文也罢，都会时不时地，有意无意地浸洇出一种民族性、时代性、现实性、历史性、传奇性和预见性，让人读着不是热血沸腾，就是浸透灵窍，给人一种彻悟之感。

打开《苗得雨六十年诗选》首先映入眼帘的便是抗日战争和解放战争时期写的 33 首诗。不管是《陈老三》也好，还是《走姑家》也好，都带着明显的说唱味，而《旱苗得雨》这首成名之作，风云于各抗日根据地的“苗得雨，苗得雨，从小受穷又受苦。爹爹逃荒下关东[1]，家里撇下几亩土，全靠奶奶拉把着过，吃的䅟子煎饼稀糊涂。//鬼子汉奸没人心，逼粮催款猛似虎，揭去大锅还不算，小绳拴了奶奶去。一家大小哭成泥，鬼子汉奸笑嘻嘻。得雨跺脚暗发誓：'长大报仇剥你的皮！'//今年二月晴了天，炮声一响人心恣。八路军解放了俺家乡，全家烧香又烧纸。苗得雨，心欢喜，旱苗得雨旺嗤嗤。有朝一日苗长成，棵棵庄稼黄金米，军粮送到前方去，慰劳辛苦的好同志。"

您看这诗写得自由、流畅，传神、有味。他既写出了一个孩子的心态，又写出了未来和现实，用活灵活现来形容恐不为过。而那一句"旱苗得雨旺嗤嗤"更是把形象二字推向了极致。一个12岁开始写诗，14岁成名的"孩子诗人"为什么对民歌、民谣有如此深的了解，从书中我们得知，这都得益于诗人的奶奶，他从奶奶的《姐儿》《五更》里受到了影响，吸取了营养。加之，沂蒙山这块到处充溢着民歌民谣的土地的浸泡，从小就使民歌、民谣这些民族的诗歌在苗得雨幼小的心灵里扎下了根，以至于影响了他一生的创作。这些在他的上百首带有歌谣的诗和他对歌谣的研究、收集的记录里到处都可以找到影子。因着这些诗歌都真实地及时反映了那个时代，因而它的时代性，便是不言而喻的了。

与时俱进，文学当随时代的现实性，又是苗得雨诗文的一大特色。全国解放了，中国进入了社会主义建设时代，当国家经过了1961年的"调整、巩固、充实、提高"的八字方针，1962年国民经济基本好转之时，苗得雨又按捺不住喜悦的心情，写下了轻松活泼脍炙人口的《柳哨》。诗说："柳哨，拧自柳条，是孩子的巧手制造。他是朴实的艺术，是真挚性格的光彩闪耀。//生活中，有悲壮，也有美妙；有号角，也有柳哨。孩子们不懂乐理，柳哨没有一定曲调，但它的声音自由、活泼，只有春天才能听到。//吱唔唔，吹柳哨，把小燕儿吹来了，把田野吹绿了，把春意吹浓了。//把童年的记忆吹醒了，苦的记忆，甜的记忆，都与春天一起醒来了……"你看这诗写得多好，一句"都与春天一起醒来了"既包含了政治，也包含了经济，既写了自然，也写了人的心态。这是苗得雨上世纪60年代的诗。到了80年代，改革开放了，此时，苗得雨又以他的独特视角以《燕》为题写出了燕那种"不要学花儿，只把春天等待；要学小燕儿，衔着春光飞来"。

短短四句话,却写出了改革开放初期人们那种拿不准、左观右看、等待的心态,给人以温暖的规劝和提醒。这又成为他新时代的代表作,并被收入《中学生课外读本》《中国当代文学教材读本》和《中外名诗三百首》。

从以上举例,我们不难看出苗得雨诗的时代性、现实性、民族性。假如分开来看,他的散文则含有浓浓的历史性。从他的散文中你能读懂沂蒙山,读懂山东近70年的抗战史、建设史、文学史,他能七写孟良崮,回回都不同,不仅写出"每登山一步,都会有更多的思考和想象",还写出"胜利的歌,是历史的,也连着今天",给人一种"留住历史,连着未来"的启迪。他透过写人物、写历史,把山东的抗战文化,文联、作协历史娓娓道来,如数家珍,滴水不漏,让人感到他的散文是山东历史的活化石,他是山东文化近70年来的活字典,尽管浩繁,但读着不累。从某种意义上来说,他的散文不仅是山东文学史的写照,也写出了他自己的传奇人生。

苗得雨1932年3月5日(正月二十九)生于山东沂南苗家庄。他1942年开始写诗,1944年开始发表诗作。1946年12月6日《大众日报》发专文,《鲁中大众》报同年12月13日出专辑,延安《解放日报》1947年2月25日发电讯介绍称为解放区的"孩子诗人"。他的诗作和简介先后进入《中国新文艺大系》各诗歌卷、《解放区文学书系》诗歌卷、《中国四十年代诗选》、全国《三十年诗选》《五十年诗选》、《山东新文艺大系》。作者进入国家各种传略和词典,五次见到毛主席,30岁以前就有文学专论《文谈诗话》问世,不能说不风生水起。但是就是这样一个人,却因为《文谈诗话》受到错误批判。他1962年写的《柳哨》被人讽刺为"一位诗人本姓苗,得雨以后名望高,凭着号角你不吹,吱吱唔唔吹柳哨。党报应该为大众,岂能拿着开玩笑。"又一说"趵突泉的水,苗得雨的诗,水管子一拧呲呲呲"等等这些断章取义、攻其一点不及其余的谬论,使苗得雨在"十年动乱"中被批为十二个"黑帮分子"之一,遭受批判长达十几年。今天看来,这些人得意一时留下的"佳作",恰恰印证了苗得雨的文思喷涌。试想,一个人写诗能像趵突泉的水一样,水管子一拧呲呲呲,还有什么样的传世之作不能写出来呢。恰恰因为这些歪曲和恶意攻击,让我们看到了苗得雨的传奇人生，他的一些诗文成为传世之作则更是显得顺理成章。而读苗得雨的诗文，了解苗得雨的创作之路，领略这个到目前为止“发诗 4000 余首，其他文学作品 400 万余字，出版各种结集 43 种(约 700 万字)的文学家便成为了一种众望所归。

诗文的特色，影响着、决定着苗得雨在全国在山东的历史地位。从苗得雨的启蒙老师牛玉华先后采写的《“孩子诗人”—苗得雨》和《从工农通讯员到孩子诗人》几万字的介绍文章，再到著名评论家刘锡诚写的《瓦釜之音——评苗得雨的诗作》，吕铭康的《老干虬枝叶青青》，刘志军的《苗得雨 根深叶茂》，张洪波的《苗得雨写“苗味”诗》以及丁玲、田间、臧克家、贺敬之和山东省委历届领导的讲话中，我们不难发现“苗得雨是我国一位土生土长，努力学习深造全面发展有独自特点并在理论上有创见、受广大读者喜爱的诗人。他确实很不一般，在当今中国的诗歌界甚至整个文坛还没有人能够取代。”(《华夏诗报》2002 年 3 月 25 日《齐鲁名人》2002. 2 期)。这与诗论家周良沛所说的“我相信:郭沫若的《女神》绝不能顶垮刘大白的《卖布谣》;艾青的创作成就再大，也不可能取代苗得雨”，虽是异曲，却有同工，都印证和评说了苗得雨“孩子诗人”的不可取代性。“孩子诗人”这一桂冠是近百年来中国诗坛的前无来者(《文艺报》1981 年第二期)。

民歌收集、传承发展的集大成者。从史料中得知，世界上一切成功的诗人和文学家都是从民间文学中走出来的，不管是俄国的普希金，还是上世纪 30 年代中国的刘半农，40 年代的李季。但从 40 年代开始至今，以民歌为蓝本、为根基，把民歌作为研究和继承发展的，并且被诗歌界所公认的只有苗得雨。从书中我们看出，苗得雨不仅在童年时接受了奶奶民歌的影响，从他写诗到现在一直做着民歌的收集、整理、研究、发展、创新工作。在青少年时他就能背诵二百余首民间歌谣，上世纪 50 年代，经手收集、整理出版了《山东民歌》。从他的诗集中我们不难发现以谣字为题的诗有数百首，研究歌谣的论文有几十篇。其中尤为罕见的有婆媳怨、姑嫂怨、婆媳的主从关系、歌谣里的婚姻大事、不应当的改动、让人乐的趣歌等题材，还有不孝歌的现实意义、颠倒歌的味道，《沂蒙山小调》终极探源、《不止一朵茉莉花》、《历史的留记——地域谣》等歌谣都从多角度、多层次对民歌进行了深入浅出的分析，从而得出了“有曲为歌，无曲为谣”“民谣，民之谣，有民在，就有谣之生。所以，作为一种文学样式，它最是永不消失的”结论。实践也告诉我们，臧克家、贺敬之在中国诗歌界的影响大大超过了苗得雨，但从他们的诗文中，我们也不难看出，在他们的诗文创作中都接受了民歌的启蒙，都有民歌的影子。当臧克家投笔从戎后，他的诗便转入了自由诗、长诗。贺敬之奔赴延安后，便受到了苏联马雅可夫斯基的影响，打上了陕北信天游的烙印。这三位从山东走出来的抗战诗人，唯有苗得雨一直坚持了以民歌为蓝本、为根基。他的诗民族化的元素几乎无处不在。因而他的诗大都活在人民的口头上。从这一点看，苗得雨在民歌继承和发展上似乎占了上风。

除此之外，他还是地域文化的集大成者。他大量吸收了沂蒙文化，受到民歌、戏曲、小调的影响，从而进行锻打、创新，然后创造出带着“苗味”的诗，成为从沂蒙山中走出来的诗人。因此，他的诗无不打着沂蒙山的烙印。而一本《沂蒙山——故乡的歌》和散文《沂水情》则以上千首的诗歌颂了故乡，以上百万字的散文展示了蒙山情、沂河爱，书写着沂蒙精神，给人们提供了浩繁的诗文，让我们看到了一位忧国忧民的诗人，读到了“歌谣总像满山遍野的鲜花”一样的苗诗，而苗得雨诗文，给我们提供了一条青少年追求诗歌梦的成功之路，让人们一提起苗得雨三字就会一下挑动人们的记忆，去追赶苗得雨的诗，苗得雨的文，和他那坚忍不拔锲而不舍、活到老学到老写到老的拼搏人生。

① 注：苗得雨父亲1945年在东北参军。

2014年2月28日上午8:05～11:55 下午1:50～3:12

3月1日凌晨改后半部分

3月3日凌晨又改

民歌传人——苗得雨

读苗得雨《文谈诗话》之十五

上下五千年,诗人千千万,但要说对中国民歌的研究、继承、发展,我知道名字的有三人。作为领袖人物,当属毛泽东,他在给陈毅同志的一封信中提出来"将来趋势,很可能从民歌中吸收养料和形式,发展成为一套吸引广大读者的新体诗歌"的重要论断,受到全国诗人和读者的拥护和赞同,应该说到现在仍指引着中国诗歌的发展方向。要说元帅,那就是陈毅,他提出了"民间艺术源,提炼显神迹"的规律。要说对民歌的搜集、研究、继承、弘扬,我认为就是苗得雨。他的研究不仅贯穿于整个诗歌理论,能够找出篇目的,我数了一下,有24篇之多。这些文章不仅集中在《文谈诗话》《文谈诗话新编》中,也见之于苗得雨三本散文集。他的诗歌道路是众所周知的,应该说是从民歌沃土里走出来的现代诗人。对诸如此类的话题,一个题目是包容不了的,因此,我只就他对民歌研究方面的贡献谈点看法。

我之所以用这一题目来评介苗得雨,主要得于如下事实:

研究诗歌起步早。对民歌的研究有没有比苗得雨早的,我没有看到文献,但从《文谈诗话》(诗歌源流)一文看,1959 年才刚刚 27 岁的苗得雨就写出了"在人类历史上,诗、歌、舞曾经是一种东西。当文字还没有出现的时候,这种'三合一'的艺术就产生了。人们在劳动的空隙里,唱着,跳着,模仿着劳动的姿态、呼声和工具摩擦的音响等，表一下心情，道一点愿望。”这就是诗歌的起源，也是文学的起源。到1980年48岁的苗得雨又在《从生物发展规律看诗歌发展》一文中提出“在众多的文艺形式中，诗歌是最早的形式，它的资格最老。在诗歌方面，开始主要是歌谣（与音乐、舞蹈在一起），从最早的诗歌总集《诗经》看，他的形式较简单”，这就是民歌。

肯定了民歌的艺术地位。民歌是一直受到劳动人民喜爱的艺术形式。然而历史发展到了今天，一些新潮诗人，自以为自己与时俱进了，编造了一些不三不四的呓语蒙人骗人，而忘记了诗歌之母是民歌这一定论。而苗得雨不仅在当时就指出“民歌，它是各种文艺形式最早的一种形式。它不光是自己一直发展下来，同时还为其他的文学形式提供了发展的基础和养料。”并用大量的文字论述了民歌对曲艺、戏剧、小说、散文的影响。为了说明民歌对今人的影响，苗得雨还例举了贺敬之当年的《白毛女》歌剧，《南泥湾》歌词，《回延安》诗的语言。在引经据典的基础上，得出了“作为反映社会生活的文学艺术，在生活的土壤中，民歌的根子扎得最深。它是艺术百花中泥土味最浓的一种花。历来成功的诗人（不管古今，不管中外）几乎都是学了民歌以后才得到了发展。”这是1978年说的。到了1980年苗得雨又进一步认定“民歌，是一切艺术之源，是一切诗歌形式发生发展的源泉”。源泉二字道尽民歌在苗得雨心中的地位与情结。它不仅是一种理论，更是实践的体验和总结。在谈到民歌的未来时，苗得雨一段“至于民歌，它是与人民同生长，同生存的，人民不亡，它不亡，它任何时候都不会成为诗歌发展的阻碍的。”过去人们谈论民歌发展的说法不少，但苗得雨一句“人民不亡，它不亡”，却有石破天惊之力。不仅于此，这一论点在苗老文中起码出现了三次，这种规律性的语言非对民歌有切肤之爱是说不出来的，由此不难窥见苗得雨的民歌情结了。

给民歌下了一个定义。长期以来，在我的印象中，好像散落在民间的诗就是民歌。其实不然。根据苗得雨的理解“有曲为歌，无曲为谣”，“在内容上，它必表达了民意”。这一句很重要，民意二字比天大。例如《东方红》《山丹丹开花红艳艳》都代表了民意，民意是民歌的魂，苗得雨抗战时期的那些歌谣，也首首代表了民意。其次,民间歌谣,是诗歌的一种,是通俗文学的一种,是口头文学的一种,是群众诗歌创作的一种,是已经在民间流传和又可能在民间流传的诗。又说,不通俗的不是民间歌谣。不能'活在人们口头上'的,或者说,不曾流传的根本不可能流传的,不是民间歌谣。"诗,包括歌谣,但所有的诗,并不都是歌谣。""群众诗歌,包括群众歌谣,但所有的群众诗歌,并不都是群众歌谣。""歌谣,你听一遍以后,差不多就能背过。"通过上述文字,我们就不难发现民歌的要义:它必须表达民意,通俗易于流传,是一种活在人们口头上的诗,具备"有曲为歌,无曲为谣"的特质。对民歌的定位,从文中看出苗得雨半个世纪研究民歌的原创和独创,其现实意义和历史意义都是显而易见的。如何定位,结论留给读者,恐比我评价更高。至于民歌具备形象、排比、对比、押韵那些艺术要求也是不能忽视的,缺了后者,民歌就不能流传了。这是有志于民歌研究或民歌创作的人不能忽视的。总之,读苗得雨对民歌研究的文章,仿佛有一种桌旁放着一盏煤油灯的光亮。

破解了一个谜底。在民歌版本和民歌演唱会上,人们常常看到落款是陕北民歌、新疆民歌、沂蒙山小调,而很少提到民歌的作者,以至于此长期困扰着诗歌界和读者,也对民歌的原创者显得不公道。对此苗得雨给予了极大的关注。他在《民歌的作者是谁》一文中,通过著名歌唱家朱逢博唱红了的《拉地瓜》查证到其来源于抗战中的一个剧本《抗属真光荣》,并由此得知创作人员就是化名李夏的李林老人。又通过《沂蒙山小调》来源于《绣灯笼》,《打蒙阴城小调》来源于《游春》这三个事例说明"民歌是有作者的"。并一直坚信,不仅于此,他还例举了流传在家乡的《莱芜战役》《绣钢笔套》等民歌都是有名有姓的,只是时间久远了,传来传去,传丢了作者罢了。对民歌作者的研究不仅仅是对作者的尊重,从中我们不难窥见苗得雨治学的严谨,这就不仅仅是"大胆假设,小心求证"的问题,而是一个追根溯源的问题,找到了民歌的源头,才能造就民歌的未来。

指出了一种学习方向。前文我已提到,对民歌的搜集研究,分析论证,苗得雨用了半个世纪,光我看到提炼成文的就有 24 篇,洋洋数万言。那么他的动机和目的在哪里呢？我认为不外乎两类。一是继承，二是发展。怎样继承发展，苗得雨从历史的源头追根溯源给中国民歌下了前无古人的定义，这就是“人民不亡，它不亡”。那么，怎样才能使民歌不亡呢？这就要求我们学习民歌。怎样学，学什么？在这个问题上苗得雨的观点大都集中在《一定要认真向民歌学习》《民歌中值得学习的一些艺术特点》《传统民歌与新民歌》三篇文章中，前者指出了“新民歌与传统民歌在内容上是截然不同的，但都是用劳动人民语言中最形象、最生动的语言创作的，都表现了劳动人民的心意、性格和情调。这样歌谣在内容上就具有了程度不同的长久性”，即人民不亡，它不亡的论断。继之又指出了“新民歌在形式上，是传统民歌的继承和发展。新歌谣的形式、样式、风格、手法，比传统歌谣更多样化了。”在《民歌中值得学习的一些艺术特点》一文中则主要指出了学习什么，怎样继承的问题，这就是“民歌的形象和比喻，都是生活中的”，“民歌中的感情最真挚、最朴实，也最深刻，它是在真挚、朴实中见深刻”。民歌形象而有趣的排比手法，是便于流传、记忆的一个很重要的特点。“民歌押韵严格，又换韵自然，这是易于流传、记忆的又一特点。”通过这几篇文章，作者从纵的横的两个方面说明新旧民歌的关系，后人学习民歌，继承民歌，发展民歌从哪里入手，怎样学，从宏观和微观上都讲清了问题。

身体力行率先垂范。今天我之所以用“民歌传人苗得雨”来作这篇读后感的题目，是因为这4年来，我从苗得雨的诗歌、散文、诗歌理论中发现苗得雨浑身上下打着民歌的烙印，他的作品、他的理论无不透着民歌的元素，冷不丁带出民歌的影子，要说举例，几乎篇篇可举，首首可点，但这种事例越多反而让人感到有一种老虎吃天无从下口的感觉。我不能武断苗得雨老在民歌领域有多大影响，但“孩子诗人”“旱苗得雨”的头衔在山东乃至全国几乎是家喻户晓的，“孩子诗人”也几乎成为家庭教育追求的目标。读苗得雨的诗、论，我仿佛有这样一种感觉，他从民歌园地走来，不仅成为一棵大树，也是一位研究、继承、发展民歌的传人。

2008年12月20日早7:20～11:30，下午2点～5.35

晚又改两遍

歌谣大师——苗得雨

——再读《苗得雨六十年诗选》

一看到大师二字，人们首先想到的往往是文怀沙、季羡林等。其实门门有道，道道有门。要说歌谣大师，我看在中国诗坛非苗得雨莫属。

说实话，一开始读《苗得雨六十年诗选》，我并没有这种概念。但是当我一遍又一遍地研读苗老的六十年诗选，《文谈诗话》《文谈诗话新编》和苗得雨三本散文集，及《天然集》，1956 年版《苗得雨诗选》等诗书文时，“民歌传人”“歌谣大师”“抗战诗人”这几个词几乎同时从口中蹦出来，于是乎按捺不住，我就不管天高地厚地做起封官许愿的事来，送给苗老三顶桂冠，也不管苗老情愿不情愿。

我之所以谓苗老“歌谣大师”，主要是读他的诗书文得出的结论，为了叙述的方便，又避免重复，今天我仅以《苗得雨六十年诗选》为例。

理论研究独到。苗老学习歌谣应该说从少年始。1944 年苗老写的《陈老三》就是歌谣体。到 1949 年夏天苗老写了 30 余首诗，几乎都是歌谣体。到 1959 年苗老开始著《文谈诗话》，28 岁的青年苗得雨就对中国的民歌、歌谣、谚语、俚曲、说唱、小调进行研究，在当时不能不谓全国第一，并先后就歌谣的搜集、形式，歌谣的艺术地位、定义、学习方向，等等诸方面进行了论述，让人今天读来仍然怦然心动。从《文谈诗话》《文谈诗话新编》文论中不难看出苗老对歌谣的关注、研究，不管从时间上、范围上都要早于当时的诗坛前辈，不难窥见其胆量与前瞻性。

形式继承自觉。苗老在少年时代所写的诗大都属于歌谣体，除了祖母的熏陶，沂蒙山歌谣、民歌的影响，主要是他发现了歌谣来自民间，顺口、押韵、排比、比喻、形象等形式易于活在人们的口头上，便于流传，并反映民意，有着人民不亡，它不亡的强大生命力。因此，在他的诗歌创作中就自然而然运用了歌谣这一形式。除了其时代感、现实感，读着朗朗上口亲切自然也是主要原因。讲诗歌生命力，我认为唯有歌谣能够传世、久远。

内容革故鼎新。苗老之所以被我尊称为歌谣大师，不仅在于他对歌谣的研究、继承，更在于他对歌谣内容的改造上。众所周知，过去的歌谣并不是首首健康向上的。既有精华，也有糟粕。而苗老对歌谣的继承，并不是盲目的，照抄照转的，而是进行了大胆地去伪存真，取其精华，去其糟粕革故鼎新的革命。例如苗老在《歌谣二题》中引用的《打遭》“遭遭，两三遭，双打五花配六遭，紧七遭，慢八遭，扯九遭，拉十遭……”除了逗乐有什么意义？你看歌谣到了苗老手里啥成色、啥味道！例如《骂鸡》“不骂东，不骂西，单骂蒋贼逮俺的鸡。这些贼子死不尽，咱们就要拼到底。别看你这个威风劲，风里的蜡烛点几时！”不用形容，读读啥味道、啥气势。还有什么《头字谣》《大小谣》《贝壳谣》《风谣》《轿子谣》等等，一出手就是一大串，讽刺、赞美、规劝、歌颂，各种体裁，各种手法，真是无所不用其极，让你看着笑，听着跳，摘不下耳朵，松不了套。不信你再看《葡萄谣》：“葡萄亣，葡萄多，青青网罗把天遮。走街好似钻隧道，奶头累垂碰脑壳，浓绿墨紫难分辨，人间梦境已掺和”。一个“掺和”把那美写绝了。写到反“左”时又这样写“葡萄亣，灾难多，年年灾难把天遮，植物也分左中右，青枝绿叶遭干戈，弃果毁园开粮地，硬将秧蔓当绳索。”一个秧蔓当绳索，把“左”写得淋漓尽致，真是嬉笑怒骂皆成文章，读到此处，真有一种苗老乎？蒲翁乎的快感。还有那《千头菊》《桂花咏》都让人着迷，非大师，谁有如此诱惑。

作品中有顶尖作品。一篇《谁是最可爱的人》成就了魏巍；一首《大堰河——我的保姆》成就了艾青;一首《老马》成就了臧克家。我说苗老是歌谣大师,实际是有意避嫌。你看那《旱苗得雨》“苗得雨,苗得雨,从小受穷又受苦。爹爹逃荒下关东,家里撇下几亩土,全靠奶奶拉把着过,吃的穇子煎饼稀糊涂。‖鬼子汉奸没人心,逼粮催款猛似虎,揭去大锅还不算,小绳拴了奶奶去。一家大小哭成泥,鬼子汉奸笑嘻嘻。得雨跺脚暗发誓:“长大报仇剥你的皮!”‖今年二月晴了天,炮声一响人心恣。八路军解放了俺家乡,全家烧香又烧纸。苗得雨,心欢喜,旱苗得雨旺嗤嗤。有朝一日苗长成,棵棵庄稼黄金米,军粮送到前方去,慰劳辛苦的好同志。”作为翻身道情的诗,能够家喻户晓的,除《旱苗得雨》外,用语如此贴切,爱憎如此分明,影响如此久远!在我国诗坛,在山东,好像65岁左右的人都知道苗得雨“吃的穇子煎饼稀糊涂”和期盼成长的“旱苗得雨旺嗤嗤”。“旱苗得雨”在人们心中几乎约定俗成成了一种吉祥的象征。如此脍炙人口的诗不是大师,谁能为之。

时间之久是罕见的。我说苗得雨是歌谣大师,除了他的理论研究,形式继承、内容上革新,作品中多有极品之外,他的60年如一日,也是让人叹为观止的。打开《苗得雨六十年诗选》,从1944年的歌谣《陈老三》到2004年的六十年间,收入诗选的歌谣,我大体数了一下有177首。从《陈老三》时的反汉奸到反腐败中的《关系害》中的“吃了关系糖,黑了心和肠。喝了关系水,烂了两片嘴。咽了关系果,卷着舌头说。使了关系钱,叫人当猴玩。”再到《抬轿谣》《上下谣》《曝宴速写》《推磨谣》《形象》《办公用品谣》《叛卖》等,苗老一直未停用歌谣这种形式来讴歌光明、正义、新生,鞭打丑恶,警示劝人。其信仰之坚定,追求之执着,时代感之强都是惊人的。假如腐败分子看了苗老的《推磨谣》“磨来磨去磨自个,大鬼小鬼一齐缚”不毛骨悚然,也会胆颤心惊。凡此种种,无不证明,用歌谣大师形容苗老不是高了,而是低了。

只有来自民间的,才是长久的。

2009年1月4日

抗战诗人——苗得雨
——读《苗得雨诗选》

要说抗战诗人,中国还真不少。但要说抗战时期的“孩子诗人”,我相信中国只有苗得雨。

苗老是1932年出生的,到1944年写出《陈老三》只有虚岁14岁,按时间算苗老抗战诗歌只写了两年,那首脍炙人口的《旱苗得雨》写于1944年,他那些诗从一冒头就带着反抗的气息,战斗的硝烟。让人从一个孩子的笔下看到了“官逼民反”,看到了正义战胜邪恶,看到了得道多助、失道寡助这些颠扑不破的真理。看到了战争锻炼了人民,人民赢得了战争的画卷。看到那时的中国,一伙不愿做奴隶的人们,一条得人心者得天下的道路。我之所以喜欢苗得雨的抗战诗,是透过这些诗,让我看到了有一颗金子般的心。

恨,恨在牙根。《苗得雨诗选》1956年版开篇是《小‘打狗’进门》用的还是繁体字。在写了小打狗的狠“我要你,磨眼里生起蒿蒿草,我要你,锅底下结起蜘蛛网!剩你一粒粮算我眼珠长腚上!”你看苗得雨是怎么恨的。“小小得雨直冒火,牙根咬的咯咯响。一头撞到狗身上,咬住狗腿死不放。我咬你狗皮当鞋掌!我咬你狗腿当火棒!”写到与汉奸的斗争时,又用了“得雨跺脚暗发誓:长大报仇剥你的皮!”一个“跺”字,一个“剥”字,再加上前面的“牙根咬得咯咯响”,让人感到苗得雨的诗从小就带着火,带着电,带着响,带着动,带着反抗精神。

爱,爱在肺腑。从苗得雨诗中我们不难看出,苗老对敌人的根,确实恨出了个尖尖。但是一写到爱,那也是爱在心头。在《七月一日》中写到“七月一,好日子,毛主席的相片来挂起。白头老奶奶,满脸笑嘻嘻,穿上新褂子,过来作个揖。”一个“揖”字就把老太太对毛主席的敬爱写到家了,让人感到此时此刻非一个“揖”字不能表达那种爱。但这还不是高潮,到“路上采多牵牛花,献给救星毛主席”又把那种童爱抬上了高潮。这一采,却让人看出了少年苗得雨对毛主席那颗由衷热爱的心,透过一老一少的举动,反映出毛主席在人民心中的地位。写对人民大众的爱则集中反映在《支援前线联唱》《我送哥哥上战场》《放哨歌》《大反攻歌》中,为了叙述的简洁,仅以《我送哥哥上战场》为例,诗中那“新衣服,净光光,皮底鞋,壮又壮,小毛巾,白又长,小饭勺、小茶缸、日记本,铅笔长,小刺刀,小长枪,小包袱,背身上”,透过这些细微的举动,把“本是一点小意思,表表弟弟的热心肠”写得灵魂出窍。最后落脚在“放下锄头杀老蒋!擦得眼明好打枪。吃饱杀敌力量强,等到胜利回家时,咱再欢乐闹一场”,小素材写出了大文章。

播撒了一种信念。苗老的诗之所以讨人喜欢,让人热爱,我认为他最成功的地方,最拿人的地方是透过这33首诗,记录了那个时代,让没有经过战争的人看到了战争,让没有经历过阶级压迫的人看到了阶级压迫,让没有经历过旧社会的人,看到了“没有共产党,就没有新中国”这条真理,发现了一种“不可战胜的民族,难以征服的中华”的抗战精神。诗歌从1944年算起到1949年春,从时间算6年,从年龄上算12周岁到17周岁,收入诗集的诗共有33首。在这33首诗中不管是12岁的少年还是17岁的青年他的诗没有一首是迷茫的,没有一首是唉声叹气的。呈现在人们眼前的“不是旱苗得雨旺嗤嗤”就是“打走了反动派心才甘,反动派再猖狂,打他个稀糊烂,保住了和平,幸福万万年。咱们告诉蒋介石,不让他卖国胡吊闹!你拿镰刀我拿枪,你收麦子我打狼!个个胜利紧相连，全国胜利在眼前！老蒋你来看一看，就知道为啥不敌俺！”等等。苗老通过当年的诗让我们看到了一种精神，就是人民不亡国家不亡。

战火锻打诗有声。苗老的初期作品为什么那么纯洁，那么自然，那么蓬勃，那么向上，我认为是抗战的根据地，滋润培养出了抗战的诗。也就是人们常说的环境锻炼人，环境造就人。苗老从小就诞生在抗日的土地上，耳濡目染都是抗日的环境，抗日的画面。反奸反霸反蒋，因此他的诗就自然而然地经过了战火的洗礼，不由自主地从心中流出。从苗老这些诗歌我们可以毫不迟疑地说苗老的诗是从心中流出的。每首诗都是那么口语、自然、圣洁，让人读着亲切。你看“五月里来逢端阳，遍地麦子发了黄。穗儿大，粒儿胖，暖风吹来阵阵香。”再到“眼看到了嘴唇上，要抢咱们的嘴边粮。”不要小看“嘴唇”“嘴边”一字之差，既有深度又有分寸，没有亲历其境是拿捏不好的。再如《铁算盘子来算账》中的“肚子大，屁股胖，走起路来乱摇晃，扒墙头，挖土坑”不是身在其中，谁能写出惟妙惟肖、形神兼备的诗。读到这里，我们不能不得出这样的结论，战争锻炼了人民，诗人在抗战中成长，唯有这些诗才让人读着心生纯洁，因此在我的心中，苗老不仅是享誉全国的“孩子诗人”更是一个抗战诗人。他的心总是与祖国连在一起，同呼吸，共命运。

2009 年 1 月 11 日

浅说苗得雨20世纪50年代诗歌的超前意识

苗得雨从1950年到1959年10年间写的诗，收到《苗得雨六十年诗选》中的有33首。由于环境的改变，这部分诗没有战时诗的激情和奔放，但若细细琢磨，反复体味，你会感到这里边有一个宝贵的东西——超前意识。

一般来讲，理论和新闻报道富有前瞻性，而诗歌则具有描摹性和有感而发多一些。新闻稍浅一些，诗歌则带给人更多的思考。苗老这一时期的诗不仅提出了一些预见性的东西，还暗示了一些未来，今天看来都不过时，展现了诗人的智慧和光彩。我梳理了一下，大致反映在四个方面：

一、环保意识。环保这个概念被中国人提到议事日程，又开始得到重视，放到国策上来对待，距今多则二十几年，少则十几年的事，而在苗老1951年写的《绿树丛中王家庵》中就从绿化与水土保持，风雨因果关系的角度这样描述："庄前幢后多树木，青青绿绿盖满山。王家庵庄光景好，山上树木金不换。"这是写的战前。可是到了日本鬼子侵略中国，便成了"可恨鬼子来'扫荡'，四零年上砍个完"，导致了"天地怕涝又怕旱，阴雨连连发山水，小山沟冲成几丈宽。狂风吹来汶河沙，沙埋土尽难种田。高粱长成麻雀头，谷子长成一根线。家家日子没法过，王家庵庄少人烟。""直到四四年上得解放，政府号召来封山，一气没歇三四年，三十万树林一大片"，才又出现了"山野田地润滋滋，打下粮食堆成山"，那个时候就能看到绿化荒山与水土保持的因果关系，不能不说有一点敏锐和超前，让人钦佩。

二、科学意识。新中国建立了，人民解放了，但几千年的封建意识和迷信思想绝不会随着天安门前的礼炮被荡涤得销声匿迹。而苗老在此时此地就写出了《浇麦曲》《吕仙眼》等诗，通过姑娘们抗旱浇麦来宣传人力胜天这么一种气魄和精神；通过全国劳模吕鸿宾打井；信调查研究，信科学，战胜迷信“刘仙眼”的事实，来宣传科学，深入浅出，写的入情入理，情理交融，让人读了舒服，看了明白，没有说教味，有一种润物细无声的感觉，虽是批评，也让人读着亲切，在闲谈般的诗中领悟道理，其作用自然超过了高屋建瓴的批判。

三、倡导婚姻自由意识。苗老生长在抗日革命根据地，受共产党男女平等、婚姻自主观念的影响，对婚姻自主早有清醒认识，在《贺喜》诗中就有表现。但到了全国解放，国家由战争转入和平环境，人民安居乐业，重建家园，重建家庭时，苗老用大量的诗歌来讴歌新生活，引领新婚姻，如《枣熟了》、《有一个调皮姑娘》、《小伙子，不要羞答答》、《瓜园曲》等诗都把男欢女爱、互相爱慕写得惟妙惟肖、激人向往，使人追求，这对宣传新婚姻法，提倡喜事新办无疑起到了推动的作用。

四、劳动是防变的闸门的意识。自古以来，为官与为民的界限就是劳动。一般来讲，卖盐的喝淡汤，编凉席的睡光床，遍身罗绮者不是养蚕人便是几千年的写照。毛主席领导打的江山，便是要改一改这旧俗，要求人人平等，官兵一致，官民一致，而要做到这一点，体现这一点的便是劳动。为防变，毛主席提倡干部下放劳动，知识分子劳动化。而苗老在此时期写的《老县长在乡下》《领兵》，恰恰反映了这一主题。今天读来仍透人心扉，发人深省，其实腐败的根源，就是厌恶劳动，不劳而获就是贪污受贿，所以反腐就要先过劳动关。50年代到今天已很多年了，许多干部仍过不了劳动关，也就是反腐防变观，不能说不是个问题，读读苗老的诗也许会稍有触动。

纵观苗老的上个世纪50年代这33首诗，虽大都平缓，但都反映了那个时代，具有超前意识，寓意深长。

2006年7月7日

感恩，文学创作的原动力
——再读《苗得雨散文》一、二、三集

在写读后感《散文难得像说话》一文时，我就被《苗得雨散文》三集中“命运之缘”、“一双双大手的扶持”所震动，感到这里边有一种精神，一种情愫在牵拉着我，这就是报恩。但要写一篇文章似乎又理不出头序来，于是一直徘徊在难以割舍当中。正在此时，电话中传来苗老以 78 岁高龄数日写出一万余字的散文《六登孟良崮》的讯息。电话中苗老那喜悦的心情仿佛给我出了一个题目：感恩，是文学创作的原动力，也找到了苗老 78 岁笔耕不辍的那股劲头是哪里来的答案。

为了证明我这个命题，我不止一次重读《苗得雨散文》三集，从这一集中，我们得知苗老之所以成为名扬全国的“孩子诗人”，首先是得到了当时《鲁中大众》社长宫达非的发现，并安排牛玉华编辑具体培养，使一个当时在五千多名工农通讯员中排名两千多的苗得雨一花独秀，这里边自然少不了苗得雨自身的颖悟、执着、奋斗，但伯乐在任何时候都有改变命运之功效。文中苗老坦承“能够得到领导上有组织地培养，是多么难得的幸运，不然的话，虽然我有坚持写作的兴趣，但只能是农村文化活动的平常一份子，即使夭折不了，也不会走出家乡那片天地”。感念之情溢于言表。从于寄愚部长的汇报，高克亭书记的

表态“这个孩子要培养”，到牛玉华的两篇介绍文章——先是延安《解放日报》发的电讯《十四岁的孩子诗人——苗得雨》，后是发在《浙江日报》上的《介绍从工农通讯员到孩子诗人苗得雨》，一万多字的长文把苗得雨推到了应有的位置，应该说成了全国青少年学习的榜样。这是从正面来反映苗得雨的成就。当苗得雨1949年赴京参加全国第一次团代会，有人帮助苗老写诗并未经苗老同意便朗诵，捅了漏子，苗老受到委屈和不公时，又是当年的县抗联主任，后来的省委书记李子超秉公直言“这个小伙子，我了解”，制止了不该发生的事。读到这里，那个蒸蒸日上的时代，那些大公无私、公而忘私的共产党员、领导干部以及化作春泥更护花的编辑跃然纸上，一代群英皆呈现眼前。那个时代不仅成就了一个孩子诗人，也让我们看到了共产党、八路军为什么会一往无前，无往而不胜。联想目前，新闻、文学单位某些人的假公济私、待价而沽、认人不认稿、认钱不认人的不正之风，真让人有一种时过境迁，怀念当时共产党员的酸楚。意犹未尽，顺着这条线找下去，我又发现了《苗得雨散文》二集中苗老写的“访师记”“玉华老师帮助我”，从这里我们详详细细看到了苗得雨那颗滴水之恩当涌泉相报的心，一颗闪亮的心。

凭心而论，每一个人的进步都不能缺少遇到伯乐，古亦如此，今亦如此，但是许多成了名的大家，如毛主席对徐特立提到过“你过去是我的老师，现在是我的老师，将来仍是我的老师”，臧克家不忘《老哥哥》《六机匠》，艾青不忘《大堰河，我的保姆》，在文学界，有几人提到自己得到别人的奖掖和提携呢？他们一饱忘了百年饥，一出场不是信口雌黄、目空一切，就是三缄其口，只有过五关，没有走麦城。像阿Q一样怕人揭开自己的伤疤。而苗老却不这样，近50年了，仍念念不忘人家的功德，念念不忘自己的闪失，和盘托出，毫不遮掩。他不仅一首首列举牛玉华老师给他改的诗，也一字不拉地述说牛玉华老师对他的批评。不仅写与陶钝的友谊，也写陶钝调他进省文联；不仅写北京文讲所田间、丁玲、艾青等人对他的教诲，一篇《无法投递的信》更把与诗人张志民的情谊写到了断人肝肠，从这些洋洋洒洒的感恩文章中，我仿佛看出苗老之所以宝刀不老，笔耕不辍，仿佛是带着一颗感恩的心，为报国恩去写《旱苗得雨》，为报党恩去战斗，为报自然恩写山水，为报祖母恩、父母恩而去吟诗。他是一个知恩图报的人，因而动力不减，于是使我有了这个题目——感恩，文学创作的原动力。

2009 年 7 月 10 日

诗歌拿人在真魂

——读苗得雨1990年至1992年诗歌

说来也怪，诗人在《人生》一诗中，在叙述了靠山吃山、靠水吃水这一普遍现象后，忽然引伸出了“一时的舒适是愉快的休歇，一生的舒适是一生的不幸”。对第一句诗一开始我并没太在意，可是当我读第二句时，便一下子被吸引。联想社会实际，我的一些亲人和同伴，由于年幼时衣来伸手，饭来张口，享尽了人间幸福，而当一旦离开了父母这座靠山，竟手中有钱不会花；有的人才华横溢，由于不适应社会而被扼杀，这些事实，让我一下子悟到了诗的深度。人是需要舒适，但这种舒适是有阶段性的，就是说应该是创造、舒适，舒适、创造，不能一劳永逸，更不能依赖别人。如果一味地追求舒适，而且依赖别人，就浪费了自己的一生，最终导致不幸，势在必然。此种现象应该说是人人看到，但未从中体味。苗得雨将此理挑了出来，使人们看到了天有时阴晴，人有旦夕祸福，应有忧患意识、自立意识，否则，一味地依赖就失去了人生的意义，这是从整个人生上来说的。归结到爱上，苗老在《倚——爱之方式》一诗中在写了爱是崇高的，一生充满敬意的男欢女爱，着重挖掘了相互依托，用了一个“爱就是信得过”短短六个字，把人生婚姻大事一语道破。一对青年男女，原来互不认识，互不归属，到以身相许，是什么力量在起作用，在维系，其实就是信得过在起作用。而一些人看到了这一点，就一生恩爱，相依为命，而一些人看轻了“信得过”或没有这种意识，他们的婚姻就会出现波折和不幸。站在这种角度来理解苗老的“爱就是信得过”，虽是一个小侧面，但反映了苗老对爱的体味，字数不多，却能撼人。这是许多人爱了一辈子都体味不出的真谛，提炼之深可见一斑。再看在《救》一诗中，苗老是写的一个落榜生跳海，被一个不会游泳的老人拼力相救，女孩醒悟，返身救助老人的事。一般人写诗会用两个人同时得救了，而苗老却用“救上了，活生生两代。”这就又把诗的内核升华了。小孩震动了老人，老人催醒了小孩，这不仅仅是两条生命，而是两个时代的觉醒，让人感受到年青人在风雨到来时的脆弱，是需要老一代的拯救，而年青人一旦被激醒就大有希望。

这三首中仅仅三句诗，就把人生这个问题通过三种不同的场景把读者拿住了，那么为什么人们在人生中会有不同的命运和思考，而导致人生悲喜剧的原因在哪里呢？诗人在不经意间又通过《潇湘馆中》对宝黛一干人等的悲剧，在于看不到“维纳斯总是美丽而不圆满”这一现实。这里边就有个思维角度问题。“人无完人，金无足赤”是人类共同的认知，但一具体到人往往就疏忽淡忘了这一点，所以造成了不该发生的一些人生悲剧。而苗老通过“维纳斯总是美丽而不圆满”为人们勾画出了一种残缺的美，而这才是实实在在的美，真正的美，使美丽和圆满各自找到了栖息地，这就是表象美和具象美，形象美和心灵美，使人们在认识人生，认识美丽和圆满这些方面多了一些包容和辩证法，避免了一些人生悲剧。

为什么苗老的几首诗中的几句就能道破人生，我认为这就是境界，真魂。诗有了这种境界和真魂，就能打入读者心扉，促其猛醒、感悟、转化。这正是苗老诗歌的拿人之处，更是诗歌力度、深度的体现，细细品味，通心透骨，不可不习。

2006年9月21日～22日

民间，文学创作的发源地

——三读《苗得雨散文》一、二、三集

一读《苗得雨散文集》，写了一篇《散文耐读在信笔》；二读《苗得雨散文集》写了两篇读后感，《散文难得像说话》，《感恩，文学创作的原动力》。三篇文章写出后，仍感到言犹未尽，于是又静下心来用一个多月时间多次阅读原著原文，于是我又发现了一个秘密，这就是《苗得雨散文》一、二、三集从某种意义上说是对他六十年文学道路的回顾与总结，是对诗歌创作的一种诠释和补充，既有闪光的经验，也有发自内心的省悟，从某种意义上说，应该是一部诗歌大全、人生大全。

文学应该是一种高山仰止的结晶，文学家也应是众人敬佩的对象。然而任何一个文学家、领袖人物除了自身的聪明颖悟，也都是凡胎肉体，与众人并无多大不同，那么，为什么有的人享誉全国甚至世界，有的人却自怨自艾。苗得雨通过他的散文告诉我们，一切的文学来自于民间，来自于生活，儿时的启蒙、环境造就了文学家的未来与辉煌，从书中不难看出苗得雨之所以能够从 12 岁吟诗，14 岁成名，以下几方面对他的熏陶影响。

首先是来自祖母和母亲的影响。从散文一集《奶奶老师》、二集《想起母亲，心里酸酸的》两文不难看出，两位老人心中都装有不少的民歌和歌谣，尤其

是奶奶。《奶奶老师》一文中深情地写到:“我的祖母很有知识,她教给我很多民间歌谣和民间歌曲,教给我很多民间故事和民间传说,教给我各种生活知识和社会知识。我写了诗,大多先念给她听,按她的意见修改。她是第一个读者,也是第一个指导者。”这就一下子点出了苗得雨的诗歌道路,第一个播种者和浇水育苗人是奶奶,既是最先启蒙,又是护花使者。这种含饴弄孙式的灌输可以想见是多么得天独厚,令人艳羡。文中苗得雨又说:“学习写诗时不知自己是在写诗,也不知诗有哪些形式,我从摹仿开始,首先参照的样子就是祖母教的那些民间歌谣。”而苗老 40 年代的诗歌《陈老三》中“有个陈老三,住在村西边……”中仿佛能看到奶奶教唱的《姐儿》词中的“姐儿南园晒蒲包,相遇的情郎不见了”的影子。后边的《唱丰收》《我送哥哥上战场》等诗都有明显的说唱味。这与苗老在文中所描述的“祖母很迷文艺,尤其说唱文学。每逢说书唱小戏的来,她一坐过去,就一直听到完。她记忆很好,听过一遍,能把唱词一字不漏地记下来,然后唱给家里人听。”读读这段文字,门里出身,三分匠人,“近朱者赤,近墨者黑”。从奶奶身上,我们不难看出孟母三迁、岳母刺字那些注重传统教育在苗得雨身上的体现。虽不能说奶奶的启蒙铸就了苗得雨的诗歌人生,但起码打牢了根基,奶奶的功劳不可小视。

其次是古典文化的影响。按理说,《蒙山沂水》辑中 36 篇文章都是在叙述和倾诉他的诗歌道路的。但说到传统文化对他的影响,主要集中在《读私塾记》《杂读记》《语文读本的回忆》三篇文章中,尤其是《杂读记》苗老引用了一大节“迎风摔簸箕,扬的蛾眉弯,若遇风不顺,再加扇车扇。”再到时隔 30 年后我们读到苗得雨写的《贝壳谣》“参观贝壳厂,也见大世界,贝壳种类多,许多未曾见。有像小白勺,有像五彩扇,有像木鱼鼓,有像翠瓜片。有像金铜碗,有像银玉盘,有像小宝塔,有像小木船……”透过这些诗虽然已经看到酿的水平,但也多少透出当年受影响的痕迹。

地域的熏陶。透过以上两点,我们不难看出家庭启蒙,识文信字对苗老的影响,但地处沂蒙山,我们从苗老《学习写作少年时》《乡俗乐记》《解放区小调》

《语文读本的回忆》等众多文章中到处都可以读到像《做豆腐》"咕噜噜，咕噜噜，半夜起来做豆腐，黄豆拿来磨成浆，搅成豆汁下锅煮，煮的豆汁开了锅，放上酸浆或盐卤，搁好模子铺好布，一压再压成豆腐，豆腐白又嫩，豆腐养料足，吃时要想做时的辛苦"。苗老坦承"它的通俗性，它的熟悉的歌谣特点，与我拉近的距离，联系当时写的也多是这样的'做豆腐'诗的状况，看出了这种形式对我的更直接的影响。"翻开苗老这些散文，文中摘录引用类似的民歌、歌谣就像一把把枣子、一捧捧栗子，扑天盖地扑面而来，从苗老那个村，到苗老那个县，出口成章，张嘴成句的好像遍地都是，苗老仿佛生活在一个诗的海洋、歌的王国。如此的环境使他感到"世上没有被文化遗忘的角落，纵然是旧社会的农村，那旮旮旯旯里未必都是寸草不长的荒地。本来艺术来自生活，哪里有生活，哪里也便有艺术。"这种认识上的升华，使苗老的诗路大开，像小溪，像激流，舒舒缓缓，诗思不息。在诗的海洋里接受熏陶，在革命的摇篮里耳濡目染，写出著名诗作，在人生的道路上"旱苗得雨旺嗤嗤"便成为必然的归宿。苗老的历史是这样；中国文学评论家陈荒煤的历史也是受姨母影响；中国文学家、教育家陆侃如与冯沅君也都是受母亲或父亲影响而成为大家，连人民领袖毛泽东之所以成为领袖也是受他母亲善良和家训"清正廉洁、忠心报国"的影响，由此不难看出良好的家教与启蒙在培育人才上是多么重要。

2009 年 8 月 2 日

诗歌佳境在动心

——读苗得雨《文谈诗话新编》之六

一般来讲,像《文谈诗话新编》这类文学评论,读起来是有点枯燥,有点乏味的。但我用半年时间至少对全书读了十遍以上,仍然感到爱不释手,书中所表现出来的"使读者看来顺眼,听来顺耳,读来顺心"的文学魅力使我几次失眠,以至于使我与该书形成了一种"十八相送"那样一种欲罢不能,欲放不忍,我感到《文谈诗话新编》之所以能够打动我,让我当作小说、散文来读,就在于该书让人读了动心,归纳来归纳去,出了这个题目:《诗歌佳境在动心》。

诗歌佳境是有多方面因素、条件构成的。而《锤打出的短小精美》及其以后的78篇文章,表现诗歌佳境在动心的论述及表现似乎越来越浓,使我不自觉地捕捉到了《文谈诗话新编》的又一妙处,这就是让人动心。我认为除去政治因素、时代背景这些不可或缺的政治因素政治条件外,凡是让人读来有怦然心动之感的诗便是好诗。也就是佳境。那么怎样才能写出让人心动的诗呢?《文谈诗话新编》起码告诉了我们如下几点。

捶打。在评价我国诗坛领袖臧克家艺术时开宗明义,用了《捶打出的短小精美》作标题,这就反映了捶打二字在苗老心中的地位。他在对臧克家众多诗歌进行分析评论的基础上抽出了如下精句"精炼是捶打。敲打来敲打去,把铁打得更结实，打去了无用的铁屑碎末。精炼是选择。形象的选择，比喻的选择，用词用字的选择。精炼的结果，也更概括。精炼的结果也必然含蓄”，这段文字虽然不长，但一句多义，一词多义，也像一锤一锤打出来的一样，让人看到了精炼是诗歌的一种境界，一种脱胎换骨，而捶打是达到精炼的必由之路。欲精炼就要选择，欲选择就有要求稳一个字，捻断三根须的精神，舍此是没有平坦大路可走的，读来让人心动。

感染力。在评论丁庆友诗作中的生活气息时，除用“浑身有弹不掉的香气”做题，还欣喜地引用了丁庆友“黄河水在山里打个滚，泡得石头蛋子也发芽”诸类有感染力的诗句外，还结论性的告诉我们“好的诗，就应该有这种感染力。”虽然只有短短两句话，但道出了写诗的目的。写诗不能感染人，写有何用？

味浓。在《这多浓烈的味道》一评中除引用臧克家以情为根，以言为苗这些看似随意却深沉的见解外，还独出心裁地归纳出了如下的警句：“人们喜欢好诗。好诗味浓。散文化味不浓。雷同化味不浓，欧化看不懂，难说味浓。还有些诗，内容过分稀释、松散、平庸，味也不浓。一切的好酒，掺多了水，都不是度数低了，而是应有质量失去了。陈酒香，因久久发酵，深情是久发酵之情，由深情浓缩出的诗，出自心底的歌唱，必然味浓。”味浓二字看似简单但所展示的是诗歌标准。它与那种随心所欲，信口就来是对立的，这是一种倡导和告诫，要求人们好诗必然发自心底，从心里流出来的是血，是精华，反之就是水，言简意赅，让人心动。

真情。在这本书里谈到真情时，用了大量的笔墨和篇幅，不仅写了《短短话语中的真情》《真情美》等文评，让我们从中体会真情二字在苗老心中的份量，但写的最让人动容的还是那篇《人生真情的吟唱》这篇序评兼而有之的文章洋洋二万七千余言，42页是诗人前后用了一个月，三易其稿，历经捶打，前后用了大约两三个月时间，充满激情，充满欣喜，一挥而就，淋漓尽致，喷薄而出的一篇鸿篇巨制，一篇千古绝唱。此文不仅从《深深的怀乡情》《异国生活的写照》《人生普遍哲理的揭示》《艺术特色与关于传统的继承革新》等四个大的方面对马来西亚诗人江天《山上，山下》诗集的推崇。这是迄今为止我读到的最长评序，也是苗得雨真情的一次集中体现，文章不仅满怀热情以一种一泻千里的笔势评价和推崇江天对祖国的一腔真情。也让人感受到苗得雨对好诗对好人那种推介与提携。文不仅大段大段引用江天诗文，还情不自禁地蹦出一些警言妙语。诸如"文学的眼睛是真实的，诗人的眼睛尤是真实的"这些闻所未闻，见所未见的真情。可见真情在苗得雨心中的地位和份量。那"将罪恶的社会世态写得十分真切，字字如同从血淋淋中捞出。"一个捞字震撼多少读者心，真有一字千斤之力。读到此文不禁使人产生护花使者的联想，看到了苗得雨的胸襟，有一种"诗之佳句怎写得"的惊喜。那《泉水的品格》中"真理是朴素的，像有的格言所说，一切美丽的衣服都让谎言披去了，所以真理是赤裸裸的。它一件美丽的衣服也不穿。"又把那个真字推向了极致。

有味。有味是苗得雨诗文的一贯主张，因此他也非常看中那些《诗里有哲学，不能哲学读》有味的泥土诗，因此他非常认同"明白文章糊涂诗"这一不成文的定理。他认为"正是这似乎的糊涂，才更有味。也使诗不同于科学"耐人咀嚼，耐人寻味。

角度。独特历来是苗得雨老关注的领地。他用《一个角度的发现》《短暂的生命也可永恒》《不悲白发赞白发》《酸与甜的哲理》等几篇述评来点明角度是诗文优劣的切口。舍此是不容易写出"一首有特点的风景诗。一首用画家的眼光写出的诗。一首用哲学家的观点写的诗。"

攀越。否定之否定是个哲学命题，也是写诗的命题。生活无止境，诗也无止境。是苗老文中常见的命题。因此他非常关注和欣赏那些《写了特有情趣的美》《从羡慕写美》《一个'牵'字见深情》《无巧之巧》《是这样的和这样的写大嫂》《'咬破'二字好》中去体味，诗人在关注什么，倡导什么。让人找到诗眼，意会传神。

想象。想象在诗中占有什么位置，不用形容，仅从苗老《想象，可使诗飞》

这个题目就会不解自明。他说“诗总要想象。想象，可使诗‘飞’。在诗里，有翅膀的能飞，没翅膀的也能飞，人有思想，‘心之官则思’，人可以想到这里，想到那里，这想也就‘飞’。”唯恐不及，诗人又说“想象的境界是一种美的境地，看不见的，远方的，未来的，或已失去的，都可以想来，这情景有点像梦境。诗就要有这样的梦境。”由此看来生活是诗的土壤，想象是诗的翅膀，没有翅膀诗就飞不起来，从某种意义上可以说，没有想象也就没有诗。这种体会我早就领教过，并写了一篇体味欲飞的诗。诗人在评价他人诗作时是如此关注倡导想象，那么苗老诗作中蔓延的想象也是不言自喻的。《来自作者经历的想象》《“太阳”在想些什么呢?》这些标题不看内容，就可想见想象在苗老心中的飞翔。

对诗歌的佳境在动心，我从苗老文中捕捉到了八个方面，当然还有情趣、感觉等等，几乎可以说每一篇评或述都是一篇美文，我确确实实体味到文谈诗话中有诗那种魅力和震撼。我不敢说看了《文谈诗话新编》就会写诗，把诗写得让人心动，但顺着此路走下去，似乎眼睛越来越亮，心胸越来越阔，自己的形象越来越小，诗也越来越难写，文也不大敢轻易下笔，从心底真真正正生出一种登峄山而小鲁，登泰山而小天下的空灵。

2008 年 5 月 11 日

用情为文文自深

——读苗得雨《无法投递的信》

大家知道,苗得雨老先生是以“孩子诗人”誉满全国的,也是以写诗见长的。但以诗闻名,并不意味着散文、小说就逊色,当我一遍又一遍研读《苗得雨散文》的时候,这种认识就显得更真切、更实在。

《无法投递的信》是诗人写给中国著名诗人张志民的一篇祭文或叫悼念文章,以信的形式陈述的形式不是独创,陶斯亮就曾经写过《一封无法寄出的信》悼念父亲陶铸,好像苏东坡也写过《祭侄文》一类的文章,但由于苗老这封信写得情真意切,发自肺腑,虽然都是寻常事,却有一种让人一步三叹,与作者同悲同喜的震撼,掩卷深思不忍放手。我以为本文有以下几点特色。

一、自然中求起伏。散文与写诗一个道理,凡是平中见奇的都是极品,凡是长文写短的都是极品,凡是长不觉长的文章都是极品,这是我的一孔之见。苗老的这封信之所以拿人、撼人,首先在于他的自然中有起伏、有悬念,让人不得不读下去。你看信的开头是这样写的:“志民兄长,自电话方便了,每过些天,咱俩就电话里叙叙”,下笔自由,笔随人愿。紧接着写“自你患重病以来”友人的担心,又写为探虚实,亲跑中国作协问询,再写从诗朗诵见诗人照片,听到电话中诗人的自述以及保姆阿姨的接电话,都体现了一种担心,到“我又放心了”。不久，却是一声霹雳传来，让我惊呆。这种从担心到放心，又到惊呆，在不动不惊中就能看出作者与诗人的关系，让读者在此时此地不仅仅是关注此文，而是更多地去关注病人的安危了。可谓此处无声胜有声。下边的一次次要大哭，一次次强忍住，虽然不见父母去逝那种撕心裂肺，却也看出了确是作者心中的至爱亲朋，欲哭无泪更是伤心处，这就让读者欲罢不能了。

二、倒叙交待情从何处来。毛主席说，世上没有无缘无故的爱，也没有无缘无故的恨，可谓一语道尽人间真谛。像苗得雨与张志民这样的文朋诗友虽不能说上千上万，但百儿八十的不算浮夸，他在其他散文里也涉及到一些，但真正让人与其同悲同喜的，我首推此文。作者为什么对这位亡友如此地不能忘怀，难以割舍呢？因为亡友是一位“总是关心着别人，想着别人，宽阔敞亮，心地纯美的品格”的人。为回答这种情从何来，诗人列举了几个小例。一是名人不摆名人架子；二是门外听作者与人吵架；三是批评诗人爱中有恨；四是支持诗人办刊受到批判时的同情与鼓励；五是亡友的胸襟，大狱四年曾笑称“一天白吃三顿饭，给个皇帝也不换”；六是编《中国新文艺大系》的周到；七是“宁为人间添新袱，不为烂世补窟窿”的风骨。八是平易近人；九是两次让贤；十是感恩。作者通过这十件事情，一步一步地在读者面前树立起了一个有血有肉的人，一个光明磊落的人，一个关心他人胜过自己的人，一个奖掖后进的人的形象，与这样的人相交相知能无情？这样的人走了，谁能不肝肠寸断？欲留无术，只有一泄笔端方解胸中疼痛一二。

三、娓娓道来，引人入胜。这封悼亡友的信，从头至尾都是实话实说，如泣如诉，毫不造作，一开始就把写信人、收信人、读信人（读者）三位一体的置放在一种环境里、一种氛围里，让读信人，随着写信人的笔不由自主地看到了、认识了、崇敬了收信人，翻遍全书没有半个形容词，看到的都是实话实说。正是这种实话实说加深、加重了这封信的可信性、可读性、震撼性，让读信人看到了一个活生生的张志民，一个不能忘却的人。读着读着你真分不清谁是写信人，谁是读信人，不自觉中会有一个“怎一个情字了得”的概叹。

四、结尾独特，让天上人间融为一体。文章开宗明义，就说是一封《无法投递的信》，但作者却有期盼，坚信收信人能够收到，而反映这种期盼的是在信的末尾。大家知道虽然西方有个极乐世界，但却是一条不归路，也就是人们所说的阴阳世界，假如说死是阴，那生就是阳，自古以来，阴阳是不能交汇的，那作者又期盼阴阳交汇，也就是活人与死人对话，于是在信的结尾，作者用了“在诗里没有古与今，生与死之分的，活着的人可以和故去的人说话，故去的人也仍在活着的人身边。而作为诗人，也总以诗在诗人在。此时，我便觉得，我这封信你是能收到的，再远的跋涉，总还得回家啊！”这种天上人间的交汇，生与死的交流、诉说，说到底是一种情的追诉，心灵的交谈，所谓心到佛知，从这种意义上说，这封无法投递的信，不仅收信人收到了，我们读信人也从写信人那里感受了一次人间自有真情在。从这个角度出发，我们也就更能理解好人一生平安那句话的真实含义了，因为好人总有人想着，即使他死了又是活着。

《无法投递的信》不仅传递了一个做人的榜样，也告诉我一个道理，情义是散文的血肉，情到深处文自美，矫揉造作不成文。

2007 年 4 月 6 日

他何以成为“孩子诗人”

——读苗得雨战时诗歌有感

在山东，在中国，一提到苗得雨三个字，一些70岁左右的人会不假思索地用充满自豪的口气说“孩子诗人呀”。由于年龄的限制，到我认识苗老他已成为67岁的老诗人了。最近我用三天的时间读了七遍他的31首战时诗歌，时间跨度是从1944年到1949年6年的时间，年龄是从12岁到17岁。从这些诗里，我了解了抗日战争，了解了汉奸走狗，了解了地主老财，了解了抗日根据地的人民，了解了国民党七十四师，了解了孟良崮战役，了解了淮海战役，了解了解放区的天是明亮的天，了解了国民党为什么会失败，看到了共产党为什么由弱到强，看到了得民心者得天下这一千古不变的真理，也找到了那个出身贫苦、充满爱国心报国志的“孩子诗人”。从诗中我看到苗得雨之所以成为，或被称为“孩子诗人”，除了他从小就生长在沂蒙山革命根据地，耳濡目染受到的革命熏陶，使自己从小就确立了爱憎分明的阶级立场外，更多的是由于他身处那种战争环境，使他过早地成熟起来，并开始运用歌谣、小调、儿童歌曲来反映他的心声。而这种心声又恰恰从一个侧面反映了老百姓的心声，与共产党的方针政策又是合拍的，体现了战争教育了人民，人民赢得了战争这一规律，自然也受到当时的抗日民主政府和《大众日报》《鲁中大众》报的发现和培养。稍一重视，便使苗得雨的诗如鱼得水游刃自如“旱苗得雨旺嗤嗤”进而成为“有朝一日苗长成，棵棵庄稼黄金米”了。纵观这31首诗，我们可以从中看到苗得雨之所以在当时能成为“孩子诗人”，应该说有如下因素和条件：

一、阶级仇民族恨使他有了发泄的要求和条件。诗人见诸报端或问世的第一首诗便是《陈老三》，陈老三是个崇洋媚外、卖国求荣的人物，自然受到人小却有爱国心的苗得雨的鄙视和忌恨，接下来又是“汉奸狗”进门抢粮抢东西，再后来是“铁算盘子来算账”的邱老爷，又是“文明棍子手中拿，金丝眼镜架鼻梁，迈开方步挨门闯…… 扒墙头，挖土炕，床缝席底全翻光。穷人的血汗全归他，抽筋剥皮的活阎王！”阶级仇民族恨在童年苗得雨的心中添了油、点了火，一触即发，应了“愤怒出诗人”。

二、孩童的视角，或叫孩子的视角。当时的社会矛盾、敌我矛盾，虽然表现为阶级矛盾和民族矛盾，但作为一个孩童的苗得雨还看不到、看不透深层的矛盾和敌人，所看到的都是具体的矛盾、具体的压迫，而正是活生生的压在苗得雨的心中、脑中形成了诗，因而他的诗一出口就形象逼真、活灵活现，一下子便引起了读者的共鸣，正所谓根红苗正，受压迫的土地，生活着受压迫的人，受压迫的人中出了受压迫的诗人。

三、孩童的心声。苗得雨所以被称为“孩子诗人”除了他的年龄小这个条件外，还因为他的诗从心中出，声音上带着童声稚气，符合他的年龄和身份。例如《我送哥哥上战场》《走姑家》《搬姥娘》大都以歌谣形式写出，读起来欢快上口，容易过目不忘。再如“洗衣服，净光光，皮底鞋，壮又壮，小毛巾，白又长，小饭勺，小茶缸，日记本，铅笔长，小刺刀，大长枪，小包袱，背身上。”不用调查就会想象到诗人是位小诗人，没有四不像、小孩说大人话的造作。再如《走姑家》中“外亲来道喜，进门笑的把牙呲：恭喜！恭喜！添人又添地，亏了毛主席！”那笑得把牙呲，恭喜恭喜，仿佛让人看到一个小大人学着大人抱拳作揖，让人忍俊不禁。那《搬姥娘》“拉罗罗，打躺躺，下来麦子搬姥娘，吱呀呀，吱呀呀，我把姥娘搬到家”，既符合天时，又符合身份，看似平淡，实则不易，因为自然流入的是心声，易与人共鸣，刻意的雕饰则显得隔膜。

四、孩童的语言。读苗得雨孩童时期的抗战诗之所以让人喜欢，除了他用孩童的视角、孩童的心声来写诗，更重要的是那犹如“五黄六月下雹子，蛤蟆蛙子翻了湾”的语言。在苗得雨的笔下，出口成章，形象自然，妙语连珠，信手拈来，说他是语言大师，恐有些人认为是溢美，假如你细一咀嚼，就会感到真不是过誉。你看他写陈老三吃饼“咬饼好似狗抢屎，咽饼好似鸡打鸣。嘴一张，脖一伸，两眼一挤一白瞪”，没有观察，谁能把一个汉奸的形象写得如此具体传神。那《放哨歌》中“主力军大哥是钢锤，咱们儿童是铁蛋！为了后方的平安，咱们不能叫困难！”读到这里非“童真童趣”四字不能形容。当您读到“反蒋谣”四首中逮鸡，“翻八路”“不爱财”骂鸡时，你简直是又好气又好笑，气蒋军的无德无形，喜骂得淋漓尽致，令人捧腹。当你读到《头字谣》时，全诗 36 行，诗人用了 37 个头字就把敌我双方褒贬得彻里彻外，我确实没见过。读苗得雨孩童时代的诗简直是一种语言的沐浴，心灵的净化，捧在手里有一种不忍放下的感觉。

古人云，从小不成驴，到老是驴驹。读苗得雨的诗不仅寻找到了他成为孩子诗人的动因，还找到了他后来成为诗坛巨擘的根基。

再说他何以成为孩子诗人

——读苗得雨散文《蒙山沂水》

本来我是想寻找写作方法，写作技巧的。但是当我一遍又一遍寻找仙丹妙药的时候，却有一种有心栽花花不放，无心种柳柳成荫的意外收获，这就是透过苗得雨《蒙山沂水》36篇散文，我再一次发现了他成为孩子诗人的脉络或叫根基。

2006年7月份我在拜读《苗得雨60年诗选》上下卷时，首先打动我的便是那些既充满孩子气，又充满大人态，旗帜鲜明，立场坚定，琅琅上口，充满童心童趣的诗歌，激动之余我写了一篇《他何以成为孩子诗人》，从四个方面谈了我的感想，那时我认为我找到了苗得雨成为孩子诗人的根脉。但当我一年之后，有幸拜读苗得雨散文一集的时候，在《蒙山沂水》篇中，我从《奶奶老师》《玉华老师帮助我》《学习写作少年时》《家乡的'李有才'》《解放区小调》《杂读记》《读私塾记》《身边世界里的秘密》《初识的世界》《小天地里》《沂蒙山好地方》等几十篇文章中，我再一次发现了苗得雨成为孩子诗人的新脉络、新层次，假如我上一次写的《他何以成为孩子诗人》是就诗言诗，那么这一次便是寻根求本了。我想表是重要的，但里更深沉，只有表里结合，方更完美，于是情急之下，我又写了这篇《再说他何以成为孩子诗人》。

那么书中哪些内容反映和展示了苗得雨成为孩子诗人的过程和走过的道路？我认为大致可以从以下几方面寻找：

奶奶老师的启蒙。我不完全赞成“龙生龙，凤生凤，老鼠生来会打洞”这个百分之百的血统论，否则农民的儿子当了开国主席就没法解释，穷家出孝子，国难识忠臣就找不到出处。但我也深信遗传对后人的不可变性，否则“门里出身三分匠人”、优生优育也得不到解释，从社会实践来看，家教、长辈的熏陶是不可低估的。苗得雨之所以成为孩子诗人，首先应当归功于他的奶奶，他用《奶奶老师》作标题就足以反映那颗感恩的心。奶奶遍地都是，也都含辛茹苦教育子孙，但能够冠以老师俩字的不多，大多数都注重对孙子娇吃娇穿，娇着不动弹，不教干活，只想长大有口饭吃而已，而苗得雨的奶奶不仅会管家、会理财，还能言善辩，在乡亲们面前有威望，更重要的是她能用民间小调和说唱去影响苗得雨，例如那《姐儿》词都合辙押韵，形象灵动，在苗得雨幼小的心灵就打下烙印。对说书的、唱戏的不仅迷，“听过一遍，能把唱词一字不漏地记下来，然后唱给家里人听。她也很会讲故事。”唱，让苗得雨耳濡目染，让苗得雨学着写诗；讲，又为苗得雨提供了故事素材，再加上“我写了诗，大多先念给她听，按她的意见修改。她是第一个读者，也是第一个指导者。”唱、讲、改，再加上奶奶母亲纺线，苗得雨坐在旁边就着一盏灯碗子写诗，日久天长，写诗就成了苗得雨的自然，必然。

伯乐的发现。奶奶的启蒙在苗得雨写诗的道路上无疑起了不可替代的作用。在这方面，牛玉华发现和培养苗得雨这位小诗人，从鼓励到改诗，再到总结推广树立苗得雨这样有创造、有热情的小诗人，直到写出电讯《十四岁的孩子诗人——苗得雨》发往延安，使孩子诗人这一独一无二的桂冠传遍了解放区，传遍了全中国，久而久之孩子诗人成了一种崇敬和赞颂。再到 1949 年，受中国著名新闻记者范长江委托，写出了一篇一万多字的文章《介绍从工农通讯员到孩子诗人苗得雨》发在《浙江日报》上，后来又写了一本书，由华东新华书店出版。让人们不仅感到孩子诗人在中国是独一无二的，发现和培养苗得雨的牛玉华也是中国独一无二的。看看目前文坛，不是为了挣钱，就是武大郎开店，利用职权封杀，于是再也看不到孩子诗人苗得雨一样的诗人，也不见了心底无私天地宽，扶上马送一程，艺术上帮助，政治上关心的牛玉华。只有哀叹：千里马常有，而伯乐常无。

诗歌的土壤。读苗得雨散文，不仅使读者感到沂蒙山是革命的根据地，也是产生诗歌的土壤，如火如荼的斗争，火热的生活为诗歌为艺术提供了大量的素材，这些素材又被文艺工作者加工成剧，加工成诗。读苗得雨的散文使我感到那时的蒙山沂水无处不存在斗争，无处不充满了生活，无处不充满了欢乐。虽然是战争环境，但不感到恐怖，处处展现着“解放区的天，是明亮的天，解放区的人民好喜欢”那么一种欢乐。在这么一种革命乐观主义的氛围中，便自然而然孕育了诗的土壤，那些充满革命、乐观向上的诗便应声而出，应运而长。什么《家乡的‘李有才’》《解放区小调》《乡俗乐记》《‘好奇’记》《小天地里》几乎每篇都有诗的记载，都有诗的语言、诗的生活，生活在这样的环境里，不能说苗得雨不受到影响，不受到鼓舞。

成功与否在自悟。文中我们不难看出奶奶的启蒙，玉华的帮助，诗歌土壤对苗得雨的影响是巨大的，不可低估的。但是一个人能不能成材光有外部条件，没有自身变化是绝对不行的。正如毛主席所说：鸡蛋给予适当的温度可以孵出小鸡，而石子给予适当的温度却孵不出小鸡，这就是内因是根据，外因是条件，内因决定外因。在《玉华老师帮助我》一文中当时受到牛玉华老师帮助的还有刘衷远、高宏安等十几人。那么他们为什么没成为孩子诗人，而只有苗得雨一人独大了呢？这就是自己的悟性和努力。《学习写作少年时》就反映了苗得雨这种悟性和努力。他七岁上私塾，最喜爱《五言日用杂字》一类韵文书，迷上了那有趣的押韵文字。喜欢《京戏大观》听老人讲故事，学民间歌谣。“白天和母亲下地干活，就在脑子里琢磨词。有一次琢磨词走了神，锄头从肩上掉下来，把脚后跟砍去了一块皮”。当时整日就是迷着三件事：搜罗学习材料，操持笔墨纸张和了解本村及外地各种新发生的事情，对说书唱戏歌谣能在邻家墙根下，闻着远处的炮声，一口气读完，其痴其迷在他的文中几乎处处可窥，篇篇可见，这种刻苦读书、努力为文在这36篇文中几乎都可找到影子，但《语文读本的回忆》《杂读记》最能体现这种悟性和努力。在苗得雨童年的生活中，"民族传统，农村气息，革命情思是这样集中到一起的，凝结到一起的，凝结成一个孩子诗的表达方式。"这是苗得雨的自我总结，也是我的共鸣，天时地利人和；时也，运也，命也。时势造英雄，英雄造时势。

2007年8月24日

半本日记透风骨

——再读苗得雨《当年学习的日子》

2007年的时候，习读苗得雨《当年学习的日子》20本日记中的一本，当时就兴致勃勃的想写一篇《半本日记透风骨》，之所以对这半本日记情有独钟，主要是基于两点考量。一是这本一月有余，洋洋万言的日记真实的记录再现了那个时代，上个世纪中国文坛上那些文坛巨匠艾青、田间、萧三、孙伏园的文学观、世界观，二是荟萃了中国文坛50年代到80年代那批精英，诸如张志民、朱子奇、黄药眠、郑律成、和谷岩、胡尔查、苗得雨、丁力、吕亮等等一大批后来驰骋中国文坛的风云人物，从中不仅窥见他们个人的创作理念，还可印证那个时代，给人以震撼和启迪。从苗得雨的这些日记让我看到了文化人的风骨。说实话，中国是一个泱泱大国，文化根脉源远流长，各个时代的文人墨客层出不穷，但不管历史怎样演变，一直能够深得人民爱戴的却是不仅有傲文而且有傲骨的屈原、文天祥、李白、杜甫，人们不仅崇拜文人，更加崇拜傲骨，近代鲁迅亦如此。郭沫若、刘大年本来也不失大家，但因“文化大革命”中他们随风倒，在口碑上就大打了折扣。透过苗得雨的日记，我确确实实看到了一个54年前与54年后那个表里如一，初衷不改，有情有义、有理有节的苗得雨，日记中，我认为反映他风骨的内容集中而言有三个方面。

鲜明的民族立场。一个作家，一位诗人，他的作品能不能警世，能不能传世，有一个共同的标准，这就是为谁而歌，为谁而唱，为谁而作，让谁爱看，长什么人的威风，灭什么人的志气。苗得雨从小生活在农村，蒙山沂水养育了他，他的血管里流着沂蒙山人的血，因而他写出来的诗从童年时，便打下了蒙山高、沂水长的烙印。从1944年始到1953、1954年前后10年的时间，苗得雨已经从一个孩童进入一个青年时期，他那深深的农民血统已于共产党、社会主义这些阶级政治有机的融为一体，这种从农村到城市，从济南到首都，从自由创作到科班深造的过程，让人们看到了一个逐步成熟，有了自己独立的世界观和创作论的苗得雨。这就是为工农兵而创作，为工农兵所利用。如果说这一理论的发明人、倡导者是毛泽东，而苗得雨就是具体实践者，身体力行者。这种世界观和方法论在苗得雨的著述中是司空见惯的，一以贯之的。这是因为这个时候的苗得雨才刚刚21岁，在大人眼里还不成熟，而他那时就能清醒地认为“生活中的语言，出在生活主人之口。丰富的语汇，出在杂乱的土语中。有人觉得土语中有不正确的成分，因此，连正确的也不学习了。杂乱的、原始的不了解，怎能提炼出不杂乱的、高级的呢？凡外国的东西都是好的，有人穿皮鞋便认为自己站在新事物面前了，如果外国也认为他的外国的东西是好的，他们穿上山沟沟子鞋，怎么说呢?”这一段话说的很平缓，表面上看是个群众语言问题，实际上是民族立场、民族感情的问题。1954年新中国刚刚成立五六年的时间，但一些人已开始崇洋媚外，被毛主席批为“外国人放过屁也是香的”，月亮也是外国的圆。此时的苗得雨也能清醒地看到这一点，并用皮鞋与山沟沟鞋作比，不能不说明他心底的清亮。说完这段话，苗得雨又在日记中写到“李季的《王贵与李香香》，有很多陕北土语，如果不这样，我们就不愿看了，这作品也就不被全国人民公认了。”这话说的也平缓，但是结论性的。这就是民族的便是世界的。国人，特别是文人不必跟风、媚外，不能不让人感到苗得雨的特立独行。这种观念和意识不仅仅反映在他自己的感悟中，也反映在同学们的口中，诸如“关于诗的群众主要指农民。”反映在文学讲习所的田间所长约孙静轩去他处谈话②“诗歌谈论会问题，现在很难完全解决问题，基本论点取得一致就不坏。苗得雨的意见有一个基本精神，是提出了贯彻工农兵方向，这一点恐怕没人反对。”在这里我虽然只引用了其中的一段，但说明苗得雨的观点不仅主导着自己，也应影响着整个文讲所，这种力量是不可小视的。假如你有便再翻阅一下苗得雨散文三集中《中国作家‘诺贝尔’梦怎样实现》《西方的奖与泰戈尔得奖的特殊经过》这两篇又时隔40年的文章，你就会更深刻地感受到苗得雨诗文创作中所一直坚持的民族性，不能不心生佩服。

不唯上、不唯书的骨气。日记中我们不仅能看到苗得雨那种扎根民族、立足祖国的创作理念，也能看到他那种不唯上、不唯书的骨气。反映这种骨气的文字虽时有流露，然较集中的有三处，一是给华东文联写信，陈述小说“《老钢的故事》在发表前后，你们来信说曾内部讨论了一次，讨论中大家讲的什么，始终没有告诉我，大众日报社的孔孚同志写了一篇批评，发在《文艺月报》通讯员参考资料第五期上，这资料也没有给我一份，我不知大家讲的什么，我不知读者批评的什么，叫我如何接受大家的意见改进呢?”后面除阐述了自己政治水平低，在生活中发掘不出新的东西，对合作社这个新的事物没有真的了解透彻和掌握起来这个主观原因外，也毫不掩饰地指出了“其实，对于人物新的思想原稿上也做了一些描述，但不少被编者删掉了”的客观原因，最后还理直气壮地索要材料。对当时的历史背景，争论的焦点，从文中不好做全面推测，但在上级面前不唯唯诺诺却合盘托出，掷地有声。其二是《对诗的形式之我见》上直言不讳的批评对方:“应该用事实根据来说话，请在诗的民族传统上、群众基础上、发展前途上，诗人的思想感情上找出根据，谈出自己的具体看法和主张。口气很大，资格挺高，大笔一挥，给我和丁力作开了鉴定，‘我提醒你们’，‘你们失去了战斗者的品德’，‘你们辱骂’，‘你们捏造’，‘粗野’。请把自己的道理说清楚后，再给别人作人格鉴定，请先‘提醒’自己，再‘提醒’别人。应看看自己的思想感情是什么样，写的诗是什么样，是什么气味，什么语言。再看看别人的思想感情是什么样，写的诗是什么样，什么气味，什么语言。自己还不知到哪里去，却给别人指路，‘应该上哪里去’末尾有些硬充批评家，硬充不好，就成装腔了”。读着这段文字，不自觉中似有投枪匕首的凌厉，有鲁迅味。其三则是表现在与诗坛泰斗艾青的争鸣上。记不清是那篇文章了，苗得雨与艾青同坐一辆车去东北采风，苗老恭敬的坐在艾青身边，重叙友谊，屈膝长谈。从文中从诗中苗得雨对艾青是非常崇敬的。但是45年前年轻气盛的苗得雨也确实冒犯过艾青老人，不仅给他写了信，掀起了艾青赌气不去上课的小风波，还保留在苗得雨的日记中，争论的内容不甚清楚，从只言片语中仿佛看出是古体诗与自由诗形式上的争论，这场争论不仅是苗与艾的争论，而是引发牵动了整个文讲所。持苗得雨这种观点的人不仅有苗得雨，还有丁力、黄药眠、胡尔查、和谷岩、张志民等一些人，但人家未形成文字，或未直言，但苗得雨说了，于是引起了风波。问题是不在谁对谁非，说到底是小人物捅了大人物的马蜂窝，也就是面子。对这件事情，苗得雨虽迫于压力做了自我批评，但也毫不隐讳的批评“艾青老前辈，度量窄，欠修养，有小脾气，因而在感情上疏远了。学自己民族的，是必需的真正的道路，脚踏实地地发展提高，自己的基础不稳，学外国也学不好（像前些日子硬扳倒装句子），这样要求对我更切实，我想别人也应该如此，这不是什么‘保守’‘关门’。”是非曲直，褒贬一览无余，毫不吞吐，读来有英雄气。当然他在后边的日记中也用讽刺和调侃的语气戏弄了大人物骂人比说话好听，小人物说话算骂人的不平之气，读来令人叫好。可惜这种小人物挑战大人物的场景再也看不到了，因为大人物一个一个都束之高阁不与小人物为伍了。如此看来，艾青老前辈勇于面对小人物，小人物敢于挑战大人物，虽有一时不快，但活跃了文坛争鸣之风，都不失为英雄。

玉一样真实的心态。我之所以被苗得雨的日记所打动，除了上述鲜明的民族立场，不唯书不唯上的骨气外，还在于他只唯实的真实心态。他的散文就像知心朋友无话不可说那样真实自然，文中所涉及的人和事，有一说一，有二说二，既不无原则地捧人，也不有意识地踩人，即便对他有不同看法的人，也不得不承认苗得雨“人像玉一样纯洁，诗有独特的风格。”而最能集中反映苗得雨坦荡胸怀、真实内心的文字，在日记中有这样几处，例如他在日记中两次提到“关于我的事，爱国村工作组说我是资产阶级思想，匡亚明说他是农民阶级思想。”在由他引发的与艾青的争论中，他的批评，甚至连和谷岩“在人面前还是小孩爬”这样带有侮辱性质的字眼都敢于公诸于众，足见他心地的坦荡。对有人见证的敢公开，对天才知晓的内心世界也敢公开，这就不仅仅是难能可贵，更需要勇气和人格作抵押，而日记“思考：我所具备的是否农民的特征？从小参加各种运动，后脱离生产，农民对我的影响不太大，出来几年后，就变了样，生活作风已追求上知识分子那一套。51 年下乡起初‘飘飘然’，群众另眼相看，后来认为自己变了，便急忙重新跟农民学起，至 53 年一直在农村里，我的基本特点是否保守？诗的道路如何走？学习民族和学习外国，我的基础已到了什么地步？对民歌态度，对外国诗态度，诗的形式和风格。”这种扪心自问，自我审视，自我求索，心存私心是办不到，更不用说还有后边人家批评他 53 年的诗与 1944 年的差不多，这些狠话不能不让人怦然心动，叹为观止。再加上日记中那些家信、家事甚至连“2.8 初六晴暖星期一，上午姨奶奶被表叔搬走，母亲去大妹妹家，捎二十万元钱”都记录在案，可见苗得雨的心底是多么清亮透彻。

纵观苗得雨的这半本日记，我感到才华不可缺，但文德风骨更高尚，人们看重文学，然更爱文德，有才无德的文人就是文坛上的婊子，说做不一，口是心非，讲坛上是人，下台后是鬼，而苗得雨不是这样的。他是言行一致，敢说敢为的人，因而我更尊敬他。

2008 年 1 月 23 日

胸怀决定未来

——读苗得雨《“文革”轶事之一至八》

对于那场波及全国的“文化大革命”,历史早已做了结论,一介平民不想再说三道四。但是当我读到《苗得雨散文四集》中“文革”轶事之一至八时,却被勾起了一些联想,不免想说几句。

苗得雨在这八篇轶事中说了许多怪现象,一是说了“抄四旧时的‘四旧’传播,他家被抄去的‘封资修’的书,还不如得到的‘封资修’书多”。二是讲了“野外‘别墅’的夏,‘诉说了’在齐河五·七干校的近一年中,整整的一个盛夏,我们不在正册的一伙,舒舒服服,过了一段神仙般的日子。”光看这舒舒服服和神仙般这七个字就可以窥见此时30多岁的内心世界了。“这里安静清爽,身心消融在一派绿色之中。”“真是优哉游哉。一生中何时有过这等悠闲!”一个从城市到农村,从处级干部到农民的人,没有半句怨言,没有一声唉声叹气,这是何等的心胸,何等的宁静。再看看后边的学种瓜,打板凳送人,与老农互称大爷、大哥,与儿子小三吃瓜等故事,让人看到了一个心底无私的人。接下来的“喝‘麸子’”,不仅让人看到了那帮干部的幽默,更看到了智慧。“猪头梦”更是入木三分的记述了他们的非正常生活。面对这种种的非礼、不公、苗老不仅不悲、不丧气,还利用这个“难得的一段读书时间”读书,我数了一下,单本是96

本,加上《小儿语种》4 本是 100 本,再加上《朝霞》数本应该是 100 多本。通过这几事我们可以看到这个从 1963 年就接受批判,到文革时又打成山东第一批 12 名“黑帮分子”的他,照常吃饭睡觉,照常和大家一起参加植树。当领导找他谈话时,他仍能坚持“说实话,批得不对,是批的他们的理解,不是我的意思,”并拿出书一一辩正。与其形成鲜明对照的是,青岛一位作家还未批判就跳海自杀了,另有一位处长卧轨,一位处长跳楼得救,这就不难看出,苗老当时的心态,得之时也,失之顺也,相信群众,相信党,相信自己。这就是胸怀决定未来。倘若当年身便死,一生真伪复谁知。我在这里不说苗老的写作动机,写作技巧,写作水平,但就人生来讲,怎样对待逆境,度过逆境是对一个人整体考验的试金石。从苗老这数篇文章可以看到是一个心胸坦荡,赢得起输得起的人,正由于这政治上的成熟,内心世界的修养,也决定了他作品的高雅、圣洁。由此我们也联想到毛泽东、邓小平在挫折面前都能韬光养晦。正因为他们能够达则兼济天下,穷则独善其身,因而成就了一份大事业。苗老虽不能与政治家相比,但坦坦荡荡,庄敬自强,处惊不变,胸怀宽广才能事业有成。留得青山在,不怕没柴烧,我们虽然不企盼,屈原放逐,乃赋离骚,左丘失明,阙有国语,孙子膑脚,兵法修列,仲尼厄而作春秋的逆境出现,但磨难确是人才文品成功的秘诀。佛说不受磨难不成佛,我说胸怀决定未来。多大的胸怀,做多大的官,多大的胸怀,谋多大的财,多大的胸怀,垒多高的文山,是我从苗老“文革”轶事中所受到的启迪。

2010 年 1 月 24 日

惩恶扬善看嘲讽

——读苗得雨 1990 年至 1992 年诗歌

读苗老这三年写的 140 余首诗歌，一开始打动我的就是《幺字谣》《海天气里实话谣》《看潮在涨消》《曝宴速写》《犬鸣析》《推磨谣》《宠爱诫》《门字谣》《“消字灵”》等数首诗，在反复阅读中，又发现了苗老诗歌中不经意间一些境界的提炼，那么苗老的诗为什么会使我说了东，又怕落了西呢？这就是惩恶扬善淋漓尽致，嘲讽妙用，使人难忘。

按理说惩恶扬善就像爱国主义一样，应该说是文学的主题，或主线，但是诗歌这种形式，由于它的形象简练又更能打动人、震撼人，加之苗老诗歌的老辣、深邃，就使人有一种欲罢不忍，不能自已的感觉。多了咱不说，就以苗老的《曝宴速写》和《推磨谣》为例，他写“‘便宴’越来越不‘便’，小宴越来越是不小的宴”，接着叙述了什么贵重吃什么，什么稀罕吃什么稀罕，猴头燕窝一齐端，把这些群丑们白描一番后又写到“最贵有时也就是最贱，不信你将品格炸吃了看，会恶心成一桌瘫软，十斗米也换不来两个鸡蛋。”让人们看到了人要是没了品格，也就没了荣辱的丑态。这虽足以让人心跳，但还只是序幕。在《宴之二》中，诗人又继续写到“竟可以把有血有肉有骨胳的人，牵着拖着玩弄着变化着成各种营生，成圆、成扁、成方、成棱，成神、成鬼、成英雄，成狗熊……成豆虫、长虫、财神、二宝神，成鬼推磨、成鬼吹灯……不是游艺场的游艺场，不是魔窟迷宫的魔窟迷宫，看绝妙万花筒的最好去处，那排场的躯壳内变形的魂灵……”多么触目惊心，明知不对，为什么还照吃不误呢？诗人在《宴之三》中，把挥金如土的曝宴之所以能够屡禁不止归结为巧立名目，变“不准”为“准”，进一步点出魂灵变坏了，没了品格，就没了方寸，是其必然结果。人不是不可以吃喝，看怎么吃，要公私分明，不能公事私事一座庙，在这个问题上，历史已经无数次告诉我们，成有节俭败由奢。许多人就是不见棺材不落泪，不到昨夜小楼又东风是不会醒的。因为他们已将品格炸了吃了，魂灵变形了，成了些穿着大褂子X狗，不办人物事的人。诗人在写了《曝宴》这种丑恶现象之后，言犹未尽，又以华君武的《一分为二》漫画为题写了《推磨谣》，把“有钱买得鬼推磨”始到“磨来磨去磨自个。看是票子一大摞，却是一条铁绳索，”“大鬼小鬼一齐缚”不仅刻画出了奢耻的危害，还点出了权钱交易的归属。诗人写这些诗时，成克杰、胡长青之流还在吃着宴着，但他们的下场都验证了诗人诗中的情景。同样是诗，为什么苗老的诗让人读了入理解气，形象易记呢？这就是苗老在诗中成功的运用了冷嘲和热讽，让人一看既有惊心之功，又有入木之力。

对嘲讽的妙用，我有两点认识。

一是运用嘲讽惩恶扬善必须紧扣时代脉搏、关注社会。在这一章里苗老不仅鞭鞑了曝宴，权钱交易，和对独生子女的宠爱，以北京前门入题，写了歪门邪道，对“消字灵”进行讽刺，对“赶行市的潮假繁荣后真消条”的造假状况进行痛快淋漓的揭露，凡此种种，不关注社会，局外人是写不出来的。

二是强烈的社会责任感。诗人之所以对社会上的丑恶现象，分门别类进行挖苦和嘲弄，我认为是种强烈的社会责任感所致。虽与李白、杜甫不处在同一种时代，然愤世嫉俗，先天下之忧而忧，后天下之乐而乐的胸襟同在。爱国主义的情怀贯穿始终，跃然纸上，使人读了以后产生一种愤怒，忧虑，进而幻化出不平、抗争那么一种情愫，对自认为还不太坏的我来说如此，对从头坏到脚的一些人来说，无疑是指明了去处。些许嘲讽诗使人夜不能寐，真是诗力无边。

2006年9月22日

从苗得雨处学丁玲

——读《记丁玲在文讲所第二期的辅导谈话》

在读此文之前，曾长期有两个问题困扰着我，一是如何体验生活，二是写作的动机和目的，也就是不管小说、诗歌、散文，我们为什么去写它，写作究竟是为了什么，我对此不是一点不懂，譬如为人民大众，为社会，为历史，苗老《记丁玲在文讲所第二期的辅导谈话》中又意外地让我捕捉到了一些启迪，得到了一些启蒙。

"读书要沉到书里去。"讲到读书，三岁孩童都知晓，但怎样读书，读好书，读进去，消化吸收变成自已的东西，这却是许多人读了半辈子书也不明白的课题，由于读书方式不同，动机不同，往往出现事半功倍和事倍功半的效果。而丁玲先生谈读书，则要求人们，特别是作家，"看书要滚到生活里去，书里的情感，与自己的情感贯穿在一起"，反对主观，反对教条，反对先入为主，要求人们"读书要沉到书里去"，并要求人们要批判地接受旧的东西，不要盲目，又说"书，不可不读，可不要死读，老在那里钻"这些话虽不多，但句句实在，到家，让人读了耳目一新。

"写一种思想。"为什么写作仿佛是每一个作家都心知肚明的事，其实不然。同样在写作，有的是为了宣泄，有的是为了解读，有的是为了应景，有的是为了炒作，但写作是为了一种思想，写一种主张，这就有了天下大道必读奇书的层次。一本小说、一首诗会引发一场革命的功力，这种想法我过去是没有的，读了此言有振耳发聩、如梦方醒之感。

“体验生活不是去买粮食。”众说周知，写作之路无非三条，一是读名著，学名人，二是体验生活，三是写作技巧。都是作家、诗人、散文家，为什么会分出三六九等，有的人厚积薄发，一鸣惊人，有的人早就出道，却落了个从小不成驴，到老是驴驹的下场，我认为原因就在这三点，一是求师不明，学艺不高，也就是书没读进去，没读透，没跳出来，继承上欠火色，二是体验生活不够，所谓体验生活并不是指简单的生活在群众之中，而是真正的“到群众中去落户”“在乡下立个家”“要能有个朋友，他能跑来和你发牢骚”“文学作品就是写平常的人”。人们都知道的事，写出当中的味道来。短短几句话就说明了体验生活就是与群众同生死、共命运，用群众所思，所想，所乐，所欲，去言平常人的事，又是一般人摸不到底，抠不到底，内心世界根脉的东西，这就既不是蜻蜓点水，又不是买粮食，而是钻到平常人的心里，捕捉未来方向的事，这就从根本上否定了高、大、全，可以说文学作品，就是写平常人的作品，即便是三国英雄，春秋争霸到民主共和的孙中山，新中国的毛泽东，都应无一例外地看成平常的人，这样写出来的作品，才会有平常人去看。体验生活就是摸人的“底”、要抠“底”，也就是人们的内心活动，内心世界，摸到平民百姓的脉搏，然后与其一起跳动，读体验生活这一段对我来讲，无疑是一剂醒药。作为写作技巧“要时刻注意细微的东西”“要注意形象的东西”“要过多注意感受”“不要过多注意理智”。这“三要”“一不要”就是划分文学作品与理论的分水岭与试金石，文学是以事明理，理论是以理说事，二者一是和风细雨，润物细无声；一是手术刀。这一点也是苗主席告诫我的。

文学不怕说坏话。文学批评自古有之，人云亦云，道听途说，仁者见仁，智者见智，历来不奇。但这种文学批评不是下雨刮风，随心所欲，应是有时代感、历史感的。凡是经得起几个回合的，我认为绝对是极品、佳品、传世之作，凡是解读政治，应付朝代的都是皮毛肤浅之作。你像中国的孔子，尊孔、批孔、反孔、复孔，几经周折，但半部《论语》治天下，已成为不争的事实。还有横空出世的毛泽东思想也曾遭受一些人的褒贬，但我敢说治理中国和世界的无非是“两本书”，一是“四书五经”，一是毛泽东思想，它们是从哲学的角度分析世界，指明未来。二从文学角度看，一是《红楼梦》，二是《金瓶梅》，它是从细微之处模拟世界，当然与其并生的诗歌、小说、散文也都展现着自己的熠熠光辉，但有一条，凡是经得起折腾，打几个回合的才是极品、佳作。对这个问题，丁玲先生有惊天之语，她说“我们有些人很脆弱，听一个人说坏话就抬不起头来，不管它，一万人说坏话也要看看这一万人是谁。”顶天立地，不仅透露出女杰之豪气，更见风骨。对于文学批评，标准众多，但人民性是惟一标准，凡是为民鼓与呼的，我认为都是上品，上品是不惧怕批评的，对有志于文学的人不仅要听得进顺耳之言，更要听得进逆耳之言，甚至是打压迫害，真理是不害怕打压的，只有殉道的精神，才出佳作。

一篇千字文，使我对文学的认识又进一步。

2007 年 4 月 21 日

诗歌当在救魂灵

——读苗得雨2002年至2004年诗歌

诗人为什么要写诗，这是早被古人一句“诗言志，歌咏言”盖棺论定了的事，警世、娱人、自娱是现代人的一种见解。应该说这两种说法都不错，但都还不够深邃和全面。说它不够深邃和全面，我认为二者都是过多地关注了诗人的个人情感，忽视或者看轻了诗歌的社会功能，那就是拯救人的魂灵这个本质的深层次的社会作用。我这种认知或看法也可能是一得之见，一孔之见，这我是从反复捧读《苗得雨60年诗选》中2002至2004那88首诗中得到的感悟。

人之所以有高尚纯粹、贪恋、丑恶之分，关键是受思想、魂灵的支配。没有纯粹的思想，便没有恢宏的事业。共产党之所以从无到有，从小到大，从弱到强，从胜利走向胜利，靠的就是大公无私，公而忘私，而没有一党之私，因而受到人民拥护，得到了天下。但经历了85年风雨的共产党，75年长征历史的军队，56年国家政权的中华人民共和国中的一些分子，却忘本不回头，逐渐走向人民的对立面。在这种情况下，我们党一直采取“三讲”“三个代表”“先进性教育”来维护这个党，巩固这个政权，而我们的诗人苗得雨也没有置身事外，而是用形象的语言，铁一样的事实，辛辣的笔锋，冷冽的气势把人间的一切丑恶、不义通过4个部分暴露在人们面前，希图用诗歌来拯救人的魂灵，使人猛醒，让魂灵即精神这个人类做好事行坏事的总开关，一直处于正义一边，不至倾斜，而满怀激情，浑身正义向丑恶的魂灵开战，读着真有一种铁肩担道义之感。

先是揭开化公为私者的面纱。公，自古以来就是世人追求的最高目标，于是便有了大公无私、天下为公之目标。我国实行改革开放、市场经济为中心以来，一些人错误的估计了形势，认为市场经济就是私有经济，一些人开始钻空子，妄图化公为私，假公济私，把社会主义的集体经济变成你的是我的，我的也是我的，于是开始大吃大喝，化公为私，面对这种不和谐的潮流，诗人先后写出了《观花鸟画记》，用“那一处处大宴席上，一张张盆样的血口，正吃猴头、正吃凤爪。”到“再吃，就得吃画了，吃画上的鸟儿，吃画上的人脑当猴脑……”把那些公事私事一座庙的达官贵人、公子哥儿形象地展示出来，让他们丢人现眼。诗人又用《兴奋图》《有感于我们的喝酒》《“办公用品”谣》把一年喝一个西湖水的酒，公品私用“机关里头有‘机关’”骂了个狗血喷头，让世人看到了少数人的丑恶魂灵。

二是脱去损人利己者的外衣。国有国法，家有家规，长幼有序，邻里和睦，和舟共济，团结互助，自古是国人的美德，而今更是和谐社会。但是现实社会却有些不和谐的因素。《宠物患》《有邻家在装修》《高档楼上的无德者》等三首诗，刻画了时下一些人，只扫自己门前雪，哪管他人瓦上霜，把自己的幸福建立在别人的痛苦之上的心态和行为。过去岳家军是冻死不拆屋，饿死不掳掠；解放军夜宿上海大街不进民宅，至今传为佳话。而目前一些人却只图红火一时，不知死在眼前。心中只有一个私，不知他人是何物。

三是撬开麻木者的心。中国有位哲人说过一句话，叫哀莫大于心死。这句话用在封建主义的旧中国是恰切不过了。用在现在一些人身上，虽不忍心，但一看到、听到那些人办的那些不该办的事，还真找不出一个词来形容，只好勉为其难，权且用用了。譬如说见死不救，等于杀人，知情不报，一律同罪，“毋以恶小而为之，毋以善小而不为”等等等等，但是我们一个有着五千年文明史的泱泱大国，一些人竟越过越糊涂了，以至于是非不清，香臭不辨，人物人不办人物事，面对这种种的不仁不义，不公不道，无情无义，无人味，诗人先后写出了《写在泉边》《泉的期盼》《水忧》《“一面光”工程》《人类正在透支》《再写救》《呼唤出走的中学生》《喜闻大孩子救了小孩子》《别让英雄再流泪》《年幼生命被这样断送》《手的发现》《叛卖》十几首诗对见义勇为者进行了讴歌，对英雄遭受冷漠表示极大同情，对渎职者进行了鞭挞，对人间无情无义的冰冷比天地间突降的灾难还凶，发出了愤怒的质问和控诉，对只要眼前风光，不要长久政绩的外面光形象工程和自作孽的环境污染发出了“就是不活了，也找不到可跳的井口”来警告。读着读着，让人有一种义愤填膺，拍案而起的冲动，诗人忧国忧民之情跃然纸上，让人感叹。

四是指明称霸者的路。水滴石穿，柔能克刚，以弱胜强从来都是颠扑不破的真理。可是古今中外的一些强者往往利令智昏总是不安于寂寞，时时玩火。诗人在关注国内种种不和谐因素的前提下，也不忘触动一下强权者的神经。2003年强权美国在分裂了阿富汗之后又手痒痒，对不服管辖的伊拉克动武，尽管用金钱收买，取得了军事上的一时胜利。但却不被诗人看好，仍用《超级武器》《教训》两首诗反映了“正义打不倒，坚强炸不烂”。一个国家，打一个国家，不那么好打垮。不管被打者多小，打者又多大，历史上输者常是称霸。再一次印证了毛主席的“得道多助，失道寡助”，也印证了中国的抗日战争、苏德战争、抗美援朝，抗美援越都是以弱胜强，强权只能胜一时，正义却可胜一世这一真理，给美国人也上了一堂魂灵课。而《读史记思》则从哥伦布发现新大陆入手，指出“那想一切都吞下的没有吞下一切，那想一切说了算的没有一切说了算”，印证了人间正道是沧桑这一放置四海而皆准的真理，可谓给列强上一魂灵课的又一高棋。

诚然，诗人拯救魂灵，并不只是暴露，更不是一叶障目，以偏概全，在忧的同时，也不忘用正面的魂灵去影响邪恶的魂灵，以此以正压邪。那《永远的田老——悼念尊敬的田仲济同志》、《我在谛听——致敬爱的老师臧克家》都使我们感受到了文明的春风，和谐的声音，使我们相信在这个社会“纯粹的人是有的”这一光明前景。《章丘百脉泉》一诗更是为我们勾画了一幅天人合一的和谐图，使人期盼“把我们的血管，接上大地的脉管，让泉水天天从心中流过，让心灵时时碧绿、湛蓝，让生命呵护着生命，让生机润滋美丽人间。”这才是诗人鞭挞丑恶魂灵，讴歌真善美魂灵的归宿和初衷。

纵观苗得雨老这88首诗，使我明白了一个道理，写诗靠魂灵，写诗的目的是拯救魂灵。褒也好，贬也好，都是为一颗清白的魂灵、正义的魂灵而战斗。诗歌没了魂灵，便不能称其为诗。而只有拯救魂灵的诗才能达到“文学因品质而重”的高度。

2006年11月23日至11月24日

诗歌长久的生命力在于警世
——读苗得雨1987至1989年诗歌

评价一首诗歌的好坏,自古以来仁者见仁,智者见智,由于时代的不同,政治气候的不同,见解人的出身地位、学识的不同,几千年来莫衷一是,没有定评。我的看法是:凡好诗都有警世性。当我在反复捧读苗得雨老收入诗选的1987年至1989年三年中的99首诗歌中,便强烈地感受到了这种警世作用。

反映在这部分诗歌里最具有警世作用,让人震动的诗歌表现在三个方面:

一、饥饿是名曲产生的催化剂。中国有句俗话叫"愤怒出诗人"这话不一定全对,但凡悲壮的诗歌都出自愤怒,岳飞的《满江红》也好,辛弃疾的兵戎诗也罢,曹植的七步诗,肖华的长征组歌,欧仁·鲍迪埃的《国际歌》,中国的国歌,古今中外概莫能外。而讲到名曲亦是如此。在《名曲这样产生》中,苗得雨告诉世人"闻名世界的《摇篮曲》,是舒伯特饿极了'摇'出来的"。在《〈蓝色的多瑙河〉的命运》一诗中,诗人告诉我们施特劳斯写在衬衣上的妙曲,竟是连一张稿纸都买不起的状况下写出的。而《安魂曲》,又是贝多芬在"疾病和贫穷一起缠身"的情况下,被黑衣蒙面客逼迫写出来的。这三个事例虽然不多,但它说明:凡好诗名曲都是在极端的条件下产生出来的。我们不期望贫穷,也不稀罕饥寒交迫,但没有那种环境,绝不会有那种撕心裂肺、惊天动地的诗篇,一切的悲壮都是绝处逢生。由于环境的恶劣，于是出现了“起来，不愿做奴隶的人们，把我们的血肉筑成我们新的长城”。《国际歌》也是，一开始便用“饥寒交迫的人们，这是最后的斗争，起来，起来”。非贫穷非饥饿不会出现那样的语言，那样的曲存在。这就说明了一个道理，愤怒出诗人，饥饿出名曲，虽不能说是规律，但却是事实。诗人的高超之处在于发现了这一事实，又提炼出来，告之世人，贫穷并不可怕，可怕的是颓废，只要奋发，拼死一搏，或许会绝处逢生，创造出另一番天地。由此不难看出，饥饿贫穷是名曲产生的催化剂，诗人把它揭示出来，不知又会催生多少名诗、名曲，真真是功莫大焉。

二、友谊是名人成名的阶梯。恩格斯说“知识是人类进步的阶梯”已被实践证明是至理名言。而苗得雨在《莫扎特与贝多芬》《音乐大师们的友谊》两首诗中，充满感情的，热烈的向我们介绍了莫扎特是怎样发现和培养鼓励贝多芬的，并称贝多芬是全世界的天才，海顿称莫扎特“是作曲家最伟大的一个”，舒伯特又是被贝多芬发现的，这些事例告诉我们，友谊是名人成名的阶梯这一真理。中国自古就有伯乐与千里马的美谈，也出现了无数个伯乐，无数个千里马。但也无庸讳言，中国的官场上也好，文坛上也罢，至今仍有不少的官霸、文霸、诗霸，一旦成名，就一饱忘了百年饥。对年青人，后来者的尊重和求救，不是不屑一顾，就是拒之千里，偶尔兴来写篇评论不是捧杀，就是棒杀，坐在台上是李玉和，走到台下便是鸠山，斯文不见，酸臭满身。殊不知，凡是名人都是被名人扶起来，捧起来的，既不是天生的，也不是自灭的。古今中外，概莫能外。正是这种有状元徒弟，不必有状元先生的人梯，才使人才辈出，名流如林。而苗得雨的上述两首诗，通过莫扎特、贝多芬、海顿、舒伯特等等名曲名人的友谊来揭示那些友谊是名人成名的阶梯，同时也警示那些成了名人而打压后来人的人，“放下鞭子”，把才能和知识奉献出来，不要小肚鸡肠，把满腹才华带进棺材造成浪费。而后来人也要抓住时机，虚心向名人学习，靠近名人，形成良性循环。

三、“想到人的人才被人想到”。这是苗得雨老在《写在杜甫草堂》一诗中,诗人在写了到处找“茅屋已被秋风所破”不复存在,但“诗人的心扉敞向天下寒士,忘了自己没忘大家的温饱,世上有不见草堂的草堂,想到人的人才被人想到”一节的最后一句。短短十个字,却道尽人生肺腑。回顾历史也罢,展望未来也好,被人想着的人,有哪一个不是先想着别人。马克思、恩格斯也好,耶稣,佛祖也罢,皇帝也好,主席,总书记也罢,七品县令也好,平头老百姓也好,可以说凡是想到他人的人,总会被人想到。而那些见利忘义,贪赃枉法,卖国求荣者,不管是何时何地都会受到人民的唾弃。而一心为人民,为他人的人,尽管人死了,却永远活在人们心中,被人想着。远的不说,就说毛主席,虽然在他的一生也有缺点,身后也遭到有意无意地丑化和贬低,但几十年来,世界评伟人,中国人最想念的人,最崇敬的人,仍是毛主席。好在历史是人民写的,天地之间有杆秤,那秤砣就是老百姓。领袖是如此,雷锋、焦裕禄亦如此,平民百姓更如此。苗得雨诗歌的抓人之处就是在于以事喻理,常人知道却没被挑出来,说出来,而由他想出来,说出来,总结出来,升华出来了,让人一看怦然心动,警世骇俗,不管过多长时间,都觉得有味,有力。

读苗老的诗是如此,读古人的诗亦如此,凡是有警世作用的诗就有生命力,就流传的久远。钝刀子割肉,风花雪月,美化虚假的诗,让人读着没劲。是否如此,一家之言。

2006 年 9 月 4 日

“时间上的‘文章’，品德上的学问”

——读苗得雨散文《情深谊长》16 篇

光看标题，你一定会认为这是一集叙述人间友谊的文章，不错，也确确实实反映了苗老几十年来在文化界、作家界那些难以“忘怀”，挥之不去的情，割舍不了的谊。但是，当你细读下去，就会发现情谊仅仅是诗人内心世界展露的一部分，更深层的东西是在这种道情叙谊中自然而然地，不动声色地揭示了一个命题：“时间上的文章，品德上的学问。”

中国文学有一个长期困扰人们的话题，那就是什么是好作品，什么是好作家。尽管毛主席也提出个用阶级斗争、人民大众划分作品作家的标准，但对当时还没产生阶级的《易经》《道德经》《诗经》《山海经》等等又如何界定呢？对这个问题，我过去一直是若明若暗，半糊涂半不糊涂的，但是当我在拜读苗得雨散文《情深谊长》这一辑时，“时间上的文章，品德上的学问”，十个字一下子跳入我的眼帘，使我眼前一亮，感到找到了问题的答案，这种答案不是理论上的阐述，不是有意为之的，而是潜移默化的一种自然流露，但却回答了长期以来一直困扰人们的人品与文品的问题。何以见得？

时间上的文章。时间上的文章我认为与实践在此有同义同道的意思。一部好的作品如何断定是高雅是通俗，是红是黑，是香花是毒草，用什么作标准，那就是用时间来检验。时间越长，看得越清。譬如《周易》，过去人们一直说周易八卦，瞎子算卦，其实《周易》蕴含着变化无穷的发展观，对立统一理论。电子计算机就是根据易经二进制原理发明的。再说《道德经》，过去人们一直停留在玄妙虚无，无为而治上，其实"无为而无不为"的观点就是《道德经》的原文。再如毛泽东的"资产阶级在哪里，就在共产党内，"随着毛泽东的去逝，反思他老人家后期的"左"的错误，这种观点随之也不被人提了。但是时隔30余年，大大小小的腐败分子，哪一个不是在共产党内呢？下面我再说在读苗得雨书时受到的启示。他书中《"牛棚诗话"记》《与老所长丁玲合影》等文对"一本书主义"的记载，还有《当年夏公抓创作》也证明了时间是验证作品优劣，说明事物真相的试金石。时间不仅验证文章的好坏，也检验能否写出好文章。古人言，深思熟虑，慢工出巧匠，时间越长，应该说创作的文章越深，内容越广，水平越高。古人云，十年磨一剑。曹雪芹如此。苗老在《与艾青老师东北行》中说，"诗是三行删去两行"，亦如此。"因创作是从生活出发，不是见了题目就出诗的。"(苗得雨散文124～125页)"应当让人说，不必去生气，说得对不对，事情摆在那里，大家会说话，历史会说话"，都说明时间是出好文章的道理。这是从创作上来说的。从读书上说，时间越久读的越透，就像头遍麸子二遍面，二锅头酒一样，书越读得多，读得细，越能走进去，越能品出滋味，最后达到燃烧作品，照亮自己的目的。我读苗老的散文，一开始只当作道情叙谊来看，仅仅有一种被情所动，被谊所感的表面冲动，几遍读下来，我发现了时间上的文章，品德上的学问这块骨头，这才找到了文章的精髓，从中吸取了力量，从而对文章应当怎样写，怎样写出好文章有了进一步认识。

品德上的学问。假如说时间上的文章是人们判断作品好坏的试金石，那品德上的学问就是做人的标尺。何为德艺双馨，顾名思义应该是人好文好。那种人前是人，背后是鬼，一饱忘了百年饥的人，与这种要求是格格不入的。苗老不仅奖掖后人，也能诲人不倦。在这方面不仅有行，而且有为。书中集中表现在这么几个方面：真诚无私、坦露无余。一般有影响的诗人是很忌讳说到自己的短处的，但苗得雨却不这样，对自己的缺点和不足，他不仅念念不忘，更是耿耿于怀的。例如他在《一封无法投寄的信》中直言不晦地说出自己50年代因年轻幼稚对艾青的冒犯,20多年后他又在《与艾青老师东北行》中旧话重提,丝毫不原谅自己,并再次致歉,感动得艾青也作了自我批评。那种情真意切,那种发自肺腑,让人看着都要掉泪。不仅如此,他对鲜为人知,只有牛玉华老师知道的一时的骄傲自满也在《玉华老师帮助我》一文中毫不掩饰,让人感到真真是光明磊落,铮铮一条汉子。人生大凡都帮助过别人,也被人帮助过。故有施恩不图报之说,和滴水之恩当涌泉相报之教。在《情深谊长》16篇散文中,我没有看到苗得雨写帮助别人,都是写的人家帮助他,不仅《访陶老,怀旧谊》《又见陶老》《与老所长丁玲合影》《听丁玲辅导》《三见孙犁》《访师记》中有大量的记载,就连《大刀记》作者郭澄清为保他,使了个眼色,他都铭记不忘。从书中涉及的名和姓,不仅是当时驰名中外的老作家、老前辈,就连当时小荷才露尖尖角的中国作协现主席铁凝、《诗刊》副主编李小雨都记录在案。翻看苗得雨的散文至少可以理清老少四代作家的脉络,可见他那颗感恩的心。

处逆境而不挫。苗老是中国历史上以"孩子诗人"冠名的第一人,五次见到毛主席,得到的殊荣自然也是同辈人中所不及的,然光环太多,也使他过早的经历了政治上的坎坷与不公,多次关进牛棚,受到批判。但我们透过《访陶老,怀旧谊》一文看出他在自己还没完全从不公中解脱的情况下,冒着风险看望陶钝、臧克家、田间,到《"牛棚诗话"记》中,在牛棚里帮老袁编歌谣:"外面阴得黑糊糊,希坚打赌不认输,是雨是雪不清楚,还得去买小儿酥"等环境中,几乎可以对苗得雨得出近乎"贫贱不能移,威武不能屈"的结论。使我再次看到了那位文德并荣的苗得雨。

时间上的文章,品德上的学问,短短10个字,却从诗人的角度道出了文章千秋业,品德主学问的真谛,从而划清了文人与文品,文人与文化人在认识论上的界限,从而在应景与传世作品上给后人指了一下路,从而把实践时间归类到不仅检验真理,也检验品行,不能不说是一个独创和觉悟。从而把学问二字定到了德的层次,摒弃了上知天文,下知地理,夸夸其谈皆学问的误解。

2007年7月28日

诗歌要流传，先迈三道坎

——读苗得雨《文谈诗话》之七

使诗歌“活在人们的口头上”，一直是诗人关注的命题，但几千年下来，我辈仍是望诗兴叹，苦于找不到突破口，近日我读苗得雨《文谈诗话》中《什么是民间歌谣》一文，似乎从中窥见了一些破题的门道，这就是诗歌要流传，先迈三道坎。

形象坎。文中苗得雨老在论述了自由诗和歌谣两者“都表情达意，都以形象感人”这个共同特点外，分析了歌谣很容易流传在人们的口头上，而自由诗和旧体诗则不尽然之后，结论性地告诉我们“各种文艺形式，文学样式，特点都是以形象感人。而民歌，则是最善于以形象感人的一种样式。”注意最善于三字就是说自由诗也好，朦胧诗也罢，它之所以很少达到万口传的境地，就是因为它的形式制约了“最善于”的使用和出现，而民歌或歌谣却能活灵活现。如文中所举“公鸡叫，明了天，老俩口子扒干饭，苍蝇衔个米粒去，一气追到凤凰山，凤凰山上一座庙，老俩口子齐祷告，天爷爷、地奶奶，把俺的米粒要回来。”不仅形象感人，而且让人忍俊不禁。何为形象，用一句话讲不清，顾名思义，就是未临其境却如临其境，未闻其声，却如闻其声，活脱脱一个真实在眼前。说形象感人不仅是这首诗如此，就连苗老那些歌谣体的《陈老三》《旱苗得雨》《走姑家》等等一大批诗作，这些诗至今仍挂在人们的口头上，尽管大多数人都不认识苗得雨，但都认识苗得雨的诗，这就说明诗歌要流传，先迈形象坎，这一坎迈不过去，其诗就难流传。

排比对比坎。苗得雨在用大量的诗例论述和说明形象容易使人产生联想，读到一就会想到二，“记住了其中一个，就等于记住了全部”的事实后，又自然而然地引伸出了另一个命题。这就是“排比和对比的手法的作用”。他说：“如果光有形象，没有排比和对比的手法，形象也不一定鲜明；但如果只有排比和对比的手法，没有形象，没有形象的事物和形象的语言，排比和对比的手法也不能起排比和对比手法的作用。”读这段文字，我们不难看出形象和排比对比是一个递进关系，是一个你中有我，我中有你，三者合一的关系，缺一不可。如《铁算盘子来算帐》中的“铁算盘子咯咯响，邱大老爷来算帐，肚子大，屁股胖，走起路来乱摇晃，文明棍子手里拿，金丝眼镜架鼻梁，迈开方步挨门闯，眼珠乱瞪乱打量……”虽没有毛泽东的“红军不怕远征难”的气势，但小体裁写出了大光景，让人读着铿锵有力，掷地有声，不看不行，不听不行。这类歌谣体的诗还有《头字谣》《风谣》《大小谣》《风匣谣》《蒙山谣》《苦甜谣》等等等等，特别是那首《贝壳谣》更是把比喻用到了极致，读有排比句和富有对比的诗，有一溜小跑，得得得上楼之感，既有节奏又有递进，由此不难看出，排比和对比是写诗人必迈的另道坎。

押韵坎。为了说明排比和对比在诗歌与科学理论文章中的差异，苗老不仅用抽象与形象来引伸形象思维在诗歌中的独特地位，还提出了“再就是韵押得好不好，韵味足不足，也是歌谣能不能便于口头流传的一个极不可缺少的条件。”假如说前边苗老说的形象、排比和对比是两个轮子，现在加上押韵应该称为“三驾马车”，或者叫“三足鼎立”。写诗押韵这在过去是顺理成章的，可是自白话文运动以来，便有了自由诗，我不反对自由诗，也大都写自由诗，但无庸讳言，从便于流传的角度说，押韵诗是优于不押韵诗的。远的不说，就以贺敬之的《回延安》为例，虽是自由诗，但都押韵，“几回回梦里回延安，双手搂定宝塔山”。苗得雨的《燕》“不要学花儿，只把春天等待；要学小燕儿，衔着春光飞来。”由于押韵自然就增强了诗歌的流传力。值得提出的是，一些年轻人已经不知道韵为何物了。还有一大批老人在那里仄仄平平，平平仄仄，稍不合仄就视之邪恶。我们不反对任何不押韵的自由诗，也不非难平仄，但为了诗歌的流传，也增加诗人的魅力，是否可以接受“押大致相同的韵”，还有“词不害意”，不算过分吧。目前报刊上为什么流行自由诗，不大注重押韵或忽视押韵的诗，一是时代的变迁，人们注重了读，而忽视了流传这个核心。我认为仅仅满足于读、看是不够的，还要立足于上口、易背、易懂、易传，否则就会洋洋万言，不知所以然。从这个意义上说我们更可看出苗老提倡形象、排比、对比、押韵的意义更非同小可了。

2008年9月19日

特色，文学创作的制高点

——读《苗得雨散文四集》之二

两年前，我在习读苗得雨的《文谈诗话新编》时，就被他《越有特点越好》《一个“化”字很重要》《应是多姿多彩》《有自己的特点便有自己的高度》等文章所倾倒、所折服。激动之余还写了一篇《一个“特”字定乾坤》，对苗论进行了四个方面的理解和诠释。两年后当我捧读《苗得雨散文四集》时，又被苗老那“抓土产、唱小调、出人才”中“很抓出自己的特色，特色即特长。十个优点不如一个特点”的论述所震撼。再往后翻先是《做出临沂特有文化味道》后又跟着《建筑应是多样的美》三篇文章虽说的对象不同，但那个特字不仅贯穿始终，而且又有了新解。

有特色才有分量。过去读苗老关于特色的论述发现了特点决定地位，特点决定高度，特点超越时空，特点化在民族上。这次当我读到“十个优点，不如一个特点”两句时，一下子掂出了特点二字在苗老心中的位置和在文学创作中的分量。使我一下子认识到，历史上，现实中任何一本名著、名篇都是靠特色取胜的，没有特色便没有分量。而要使自己的作品有分量就要把追求特色放在第一位，让你的作品打上你的姓、你的名，甚至光读作品，便知其名。“十个优点，不如一个特点”。虽然只有两句话，但它确确实实道出了那个特字在优当中有一夫当关万夫莫开，顶天立地之势。名著名篇名在哪里，就在那个特字上。它呈现给人的是差异、不同，“映日荷花别样红”。假如说苗老的抓土产是一种战略思维，那么抓特色就是一种战术实施，二者一个宏观，一个微观，形成一种承上启下，左右逢源之势，写出的作品能无分量？

在《做出临沂特有文化味道》一文中，苗得雨意味深长地说：“临沂有着丰腴的民间文化和历史文化，以前很多有沂蒙特色的民间文化都是‘养在深山人未识’，现在政府将这些资源开发出来，既是对沂蒙特色的传承，也发展了当地经济，我认为这个决策非常正确，临沂的民间文化，历史文化，以前的革命文化和现在的建设文化都应该在继承的基础上，进行开发和利用。”短短百十个字就用了两个特色、一个传承、一个继承，这就告诉我们特色不是无源之水、无根之木，而是建立在一个地域一个民族长期发展积累文化的一种延伸、一种演绎，无继承就无特色，要特色就要先继承，二者是一种相互依存，相互发展，是一种历史唯物主义的创作观。一个传承，一个继承就让特色这条小河流出来了，慢慢形成洪峰，作为一个文学爱好者懂得此点非常重要。

众所周知，苗老是搞文学、研究文学的，但是说起建筑也游刃有余。当记者问他：建筑可以成为美的表征吗？苗老：中国建筑要走自己的路，要有自己的特色，增加欣赏性。一个特色，一个欣赏性，苗老又把人们引入了特色的另一个命题，这就是欣赏性，没有特色便没有欣赏性。苗老在这里虽然讲的是建筑，似乎与文学无关，其实万物皆一理，试想文学不是文字构筑的城堡、灯塔吗？一首诗、一篇散文、一部名著，一笔一划把它堆砌起来，动辄几十万、几百万字，目的就是为了让人欣赏，无人欣赏又有何用？读苗老抓土产解决了出发点、立足点的战略思维问题，看特色又解决了传承、欣赏问题，一路走来似乎对苗老的特色论又有了进一步理解，心中的底气更足了些。只有抓住特色这个启示，文学创作才能步步靠近制高点。

2010年1月21日

体味欲飞的诗歌

《苗得雨六十年诗选》精装本中，那首《燕》说“不要学花儿，只把春天等待；要学小燕儿，衔着春光飞来。”那纯朴自然的语言就像溪水一样缓缓地流进我的心田。那衔着春光来的小燕子仿佛变成了一首诗在我的眼前飞来飞去，感到有一种恬淡和灵动。反复重复着那四句诗，仿佛有一种羽化成仙的闲适和虚无，有一种沐浴和享受，久久不能忘怀。这是诗的一种系列风格，在不经意间，让人不经意地读下去，有一些感受慢慢洋溢。假如说燕诗是对人们的一种引导，当你读到《柿子红了》时，“那像一颗颗红心逗你，切莫急着摘吃。不管是姑娘的，还是小伙的，强摘的生果，会把你涩死！”前边的燕诗会飞，现在的柿诗仿佛挂在你的面前，来回摆动。假如说前诗是在引导人们，到了柿诗则是一种提醒。再读到《傲者图》看到“我比山高，被山一抖肩头”便“被晃下山沟”的“小小石头”时，便有一种如坐针毡，无地自容的警示。再到454页《瓶中插花记》“想着永远的得，却是永久的失。”那更是对人的一种劝告，苗老的这四首诗都不长，少者四句，多者八句，但由于被写的对象选的自然，插笔自然，叙事自然，喻理自然，自然而然的便被读者所接受，与作者共鸣，慢慢便受到浸润，不禁感到面前的那些诗要飞起来，人的思想也要飞起来，要学小燕子做一个衔着来的劳动者、创造者。既不要急于求成，也不要傲视一切，更不要期盼永远的得，要审时度势，有进有退，全面的看人看事、处事，这样就会扬其长避其短了。作者在诗中所展示、提倡的正义、正面的东西则会不动不惊的被接受，而非正义、片面的东西则会自然而然得到扬弃。这些诗看起来仿佛不经意间写出，却反映了诗人对生活的观察和锤炼，让人悟到了一种东西，唯物辩证，对立统一，相互转化。类似这样的诗，不仅仅是这4首，诸如《在眼睛下面》《算盘珠》《生活中的数学》《抬轿谣》等等都写得自然贴切，惟妙惟肖。总之，读苗老的诗，特别是文中所提到的一些诗例，让人有一种欲飞的感觉，读者跟着诗歌飞的感觉。

2006年8月11日

前端与底层的辩证法

——读苗得雨《当年学习的日子》

说实话，我上学时也记过日记，但除了阴晴风雪以外没有多大意思，后来就搁下了。进入 21 世纪，不经意间在周村结识了《日记报》的创始人自牧先生，他虽比我年龄小，但有长者风，曾劝我写日记，但我除了对鲁迅日记一些伟人大家的日记感兴趣外，对一般人的日记不大感兴趣。但当我读到《苗得雨散文三集》时，《当年学习的日子》这一组 40 天的日记，共 23 页，约 1.2 万字的日记时，却被紧紧地拽住了。于是我便一遍一遍地翻看，这虽然是诗人从 1953 年到 1954 年两年间所写 20 余本日记中，在“文革”中未损坏的唯一的一本——第七本，但它涉及的内容几乎是文讲所当时学习的内容、学风、文德与观点等等诸方面的缩影，仿佛是文讲所的一部简史。这里面所记录的人物事件客观真实、有鼻子有眼的，栩栩如生，呼之欲出。1954 年的日记到今天已整整走过了 54 年，仍不难看出时年只有 22 岁的苗得雨文学理论上的见解至今仍不过时，对一些理论问题的争鸣与态度，让人看到了其风骨，其情其景萦怀于心，于是不由自主地将苗得雨当时的一些观点抽出来小记为文，说一说自己的体会认知。

“前端”与“底层”是苗得雨 1954 年 1 月 2 日在随感中发表自己的独立见

解时所使用所展现的。他是在研读鲁迅“现在社会上流行连环画，即因为它有流行的必要，着眼于此，因而加以引导，正是前进的艺术家的正确任务；为了大众，力求易懂，也正是前进的艺术家的正确努力。旧形式是采取，必有所删除，必有所增益，这结果是新形势的出现，也就是变革。而且这工作是决不如旁观者所想的容易的。”这一前提下，有感而发，道出了自己的心声。他说“我们的思想要站在时代的最前端，但我们的作风（方法）要深入到社会的最底层。没有底层，失去了屋架，根子不深，梢子是空中鸡毛，没有底层作基础，前端是驾云。”读着这段没有任何说教的话，我不仅怦然心动，一位22岁的诗人竟能对文学有如此精到见解，不能不让人为之一振。

何为前端，顾名思义，我认为前端就是站在时代的前列，歌颂共产党，歌颂毛泽东，歌颂社会主义，歌颂工农兵，也即是立场方向原则问题，为谁而歌为谁而唱的问题，这个问题不解决就失去了创作的意义。但是光有正确的理论，正确的认知还是远远不够的，那就是透过什么来歌颂共产党，歌颂毛主席，歌颂社会主义，歌颂工农兵，这就要走进社会，走进活生生的人，也就是社会的最底层。何为底层，即是那些种五谷杂粮，吃五谷杂粮，手上沾满了泥巴、牛粪的“土老冒”，换言之也就是工农兵学商，只有通过工人、农民、士兵、学生的喜怒哀乐，翻身变化，先扎根平民百姓后唱和下里巴人，具体生动地反映和体现共产党英明和毛主席伟大。如果没有这个前端，文学就会走错方向，同样没有底层、屋架、根子、鸡毛、驾云这几个最形象、最具体、最实在、最常见的词来说明底层永远是诗人、作家取之不竭、用之不尽的源泉。它不仅回答了作家诗人应该写什么，也涉及了怎样写，到哪里去写，为谁写这么一些既显而易见又包含丰富政治内容的创作原则，应该说在当时最准确的反映和体现了毛主席为工农兵而创作，为工农兵所利用这么一个大原则、大前提。这就不仅与当时一些号称专家学者只重视理论，而忽视实践即工农兵的一些唯理派人士划清了界限，从而把理论与实践，前端与底层有机、科学、唯物、辩证地联系在了一起。他这种观点，由于当时位卑，不敢说对别人产生什么影响，但起码规划和指导了他这大半辈子的创作。打开苗得雨的任何一本诗集、散文、评论无不透着生活的气息，语言像炒熟了的豆子，香喷喷、干巴脆，即便咽下去了仍然余味缭绕。这不能不反映出他长期坚持前端与底层理念的功效。他这种前端与底层的文化理念，虽然始于54年前，今天看来仍不过时，仍有同道。

2007年12月21日

文学不能赶行市

——读苗得雨散文《坚守质量》

《坚守质量》虽然是一篇满打满算一千余字的千字文，却提出了回答了一个文学作品怎么样经得起时间检验成为传世之作的大问题，指出了文学不能赶行市的一个规律性命题。

要讲文学，至今我也不能用一句话或几句话准确表达出它的概念，但我也会下意识地感到文学就是人学，小说是写人物活动的，散文是写情的，诗歌是写心的。那么这种由人来编来写的作品从口头到文字的流传就被人们概括为文学。文学古已有之，但能够传世的，经久不衰的，从老的方面也不过就是唐诗宋词等等等等，今的有毛泽东诗词，臧克家、艾青等人的诗作，当然还有鲁迅、茅盾、巴金、冰心、丁玲一大批文豪巨匠，他们的文学作品为什么能够不管社会怎样前进，历史怎样变化都能受到世人的青睐，久读不厌，久传不衰呢？这就是苗老所倡导所关注的《坚守质量》，世界上不管什么东西，吃的、住的、看的、玩的都是以质论价，先尝后买才知好孬，保质保量才能长久，例如中国的同仁堂、江南的庭台楼阁，哪样不是凭质量巍然屹立经久不衰的。但如今，一些文学刊物，一些作家、诗人错误地认为，文学与时俱进就是改刊名，变称号，对作品不求深，只求怪，甚至粗制滥造，就是在这么一种现实面前，苗老的《坚守质量》提出了文坛不能浮躁，赶行市，赶时髦，迷炒作，求轰动：

“质量取胜”的问题，也就是实践是检验真理的唯一标准的问题，任何东西存在的时间越久，流传的时间越久，越是好东西，四书五经如此，毛泽东诗词亦如此，长久的东西便是永恒的东西。那种墙上芦苇，那种随风倒，跟潮流，赶潮流，赶行市的东西任何时候都不吃香，都站不住脚，即便一时红火也不持久，臧克家的《老哥哥》《六机匠》《老马》、毛泽东的《沁园春·雪》，为什么百年有余仍脍炙人口经久不衰，皆因为“它们”是心中的真实，不是靠行市的结果。世界上的一切事物凡不从长计议的都是短命的。由此不难看出《坚守质量》一文的良苦用心和历史价值，人皆酣睡，我独醒。

在生活深处挖东西，是根治赶行市之疾的良药。《坚守质量》一文不仅一针见血地指出了“近年，文坛人心很浮躁，赶行市，赶时髦，迷炒作，求轰动”这种不正常，不健康现象，而且规劝人们要“真正潜下心来，在生活深处挖东西，在思想的深度上与艺术的精度上下功夫。”作者能够发现生活或艺术的闪光点固然重要，但假如能够发现闪光源岂不更好？在生活深处挖东西，犹如计利应计天下利，求名应求万世名一样重要。只有深下去，才能浮上来。浮在上面是永远钓不到大鱼的，此为文坛一戒。

稳住脚根，才能与时俱进。追求文学的新、奇、特固然重要，但要知道这个新、奇、特不是举手可摘的，它是建立在深思熟虑、洞察一切的基础之上的，也就是站在人民大众、国家至上这个基点上，有了这个根基，一切都是水到渠成，自然流露，用不着东瞧瞧，西望望，脚跟晃晃悠悠。需知祖国在我心中，心中有爱就有文学，仿是仿不出精品来的。因此读苗老的《坚守质量》一文使我初步意识到要当文学家，先当生活家，不能赶行市，追潮头。学好人家的，干好自己的。根深才能叶茂，春华才能秋实。要有所发明，有所发现，有所创造，就要以质取胜，不要随行就市，注重慎独。是我一得。

2007年12月13日

诗歌得失在视角

——读苗得雨1999年至2001年诗歌

大凡写诗的人，不管是如雷贯耳的，还是名不见经传的，其目的都是把诗写好。从大的方面说是喻人警世，从小的方面说是娱人、自娱。可是怎么着也总有个好坏之分、高低之别吧！差距在哪里呢？这里边固然有文化底蕴的深浅，环境的差异。但最根本的差距还在于诗人看待问题、认识事物的视角，就是说你站在什么方位、什么高度来看待这一事物。视角选对了，你的诗不是大气磅礴，就是摧枯拉朽，有摄魂夺魄之力；而视角不对，写出来的诗，不是苍白无力，就是无病呻吟，而对这一差距的发现，我是在读苗得雨诗选中所选的1999年至2001年写的30首诗中发现的。

先说诗歌的跨度，或叫广度。一般来讲，写诗的人都懂得诗眼或叫诗魂，因而写出来的诗，一般都有警世喻人之功，但是能够用历史的眼光来写现实，用现实来回望历史就不多见了。而苗得雨恰恰在司空见惯的一些事物现象上发现了历史的轨迹，这确确实实是常人所不及的。人与人之间的称呼本来是一普通现象，而苗得雨却能从旧社会称先生到革命后称同志，再到改革开放了人们热衷于称先生，而且不分男女这一现象，发现了“一切新事物都要旧，一切旧事物又新生”这一规律性的东西，一下子让人看到了不仅仅是沧海变良田，良田也可变沧海，被否定的东西不一定真坏，被推崇的东西不一定真好，这要随历史变化而变化。例如批孔、反孔、尊孔，又如从批周易到弘扬周易，过去一提周易就是占卜、算卦，殊不知里边包含着“天行健，君子以自强不息”“文以载道，厚德载物”这些民族之魂。又如文物过去曾一度称为封资修的东西，人皆弃之，而今成为中华民族的光荣。这些历史的复原是许多人都没有发现的，“一切新事物都要旧，一切旧事物又新生”这一历史现象，就凸现了诗人独特的视角，增加了诗歌经久耐磨的历史厚重。而经得起实践检验，历史检验的诗歌又有几多？此类有实践跨度、广度的诗还有《致年青女性》，其中对旧社会从反对妇女缠脚到目前女性热衷高跟鞋，把脚儿弯成龟的返祖现象，告诫人们既不要墨守成规，还要善于静以待变，对事物、对人生取历史的态度，辩证的态度，既不要肯定一切也没必要否定一切，“生活的上升像花木的生长，浓淡繁简看在什么季节”。

再说高度。苗老在《观鹰》一诗中先写了鹰的盘旋、徐缓、迅疾、轻快、沉稳、威严与气势。而当诗人站在山顶，看鹰在山间盘旋，便不再见了那鹰的威严和气势，看到的是“只见一片树叶儿在飘，飘了一阵向远方滑去，”从而引伸出了“事物在一览无余的平面上，也就是不再有什么故事”。短短几句话，就把人们在不同高度观察同一事物，会得出的不同感受提炼出来了，“横看成岭侧成峰，远近高低各不同”提炼出了“登峄山而小鲁，登泰山而小天下”这些认识事物的钥匙。人们生活在同一个环境里，为什么总是或多或少的存在一些争议，存在一些矛盾，而又找不出原因。其实，这就是由于受教育程度不同，视角不同，自然也就有了高低之分。假如处在同等水平线上，人的水平一样了，也就没了矛盾。苗老通过观鹰的位置不同，所得出的不同结论不仅剖析了社会，也告诫诗人写诗要有高视角，才能居高临下，写出有水平，有高度的诗。

后说深度。人有高矮，水有深浅，写诗亦是如此。前面我说了苗老诗歌的广度和高度，现在再说说苗老诗歌的深度。一首《车过将军澳隧道》就把这种感受招惹了出来。诗人在写了隧道的左转、右转、上盘、下盘、往复、回旋……

说“车辆好像着火了似的，一下子变成了一支箭，就那么直着呼隆隆钻。”从车过隧道，诗人看到了什么，想到了什么？他说“办事应当果断地望着前面，就这样直向事物的中心打通，就这样把各种复杂穿透个洞来看。”一条隧道，诗人从此物看到了彼物，从喻事发展到喻理，让人们看到解决问题要从本质上入手，看准了的事要义无反顾、勇往直前。这就给诗安上了灵魂，使诗歌有了深度。还有如《美丽的花儿》中用的“美不喜欢私欲”“大自然的任何凋零，都会枯焉人的生机”更是这种深度的补充和体现。

综上所述不难看出，视角是决定诗歌广度、高度、深度和生命的东西，选不好视角，便无好诗可言，欲写好诗，先过视角关，此关不过，枉费精气。

2006年10月16日

构思半月

没有“晒根”，便没有旺长

——读《苗得雨散文五集》（“锄高粱”的学问）

《“锄高粱”的学问》是写的农村过去一种常用的耕作之法。由于诗人从小生长在农村，对农村的春种、夏锄、秋收、冬藏都写得轻车熟路，信手拈来，让人读着有一种自然感、亲切感。难能可贵的是诗人透过锄高粱这一寻常事，从中发现了人生之道，从哲学的角度解析人生正道，这是该篇最抢眼、最令人折服之处。

用不着全部引用锄高粱时一遍二遍三遍的功能，仅就诗人提出的“晒根”加以引用，并从中领略那高人之处。文说“剜苗……是从近乎一堆小苗中选出一棵保留，其余的剜掉，并将选定的小苗根部露出一些来，这叫作‘晒根’。高粱苗这时有点像站立不住的样子，在风中微微摇动，但没关系，它很快会站坚定的。小苗经过晒根，长得特别健壮。”在这里，诗人形象自然地写出了晒根对高粱生长的独特作用，这就是没有晒根，便没有健壮。假如说光写晒根对高粱生长所产生的作用，那这篇文章就平了。诗人写锄高粱的目的，并不仅仅是传授农耕之经，而是一种为了打鬼，借助钟馗，是以此为契机，以此物比彼物，由此生发想到了人生，想到了人才的培养，这就把写锄高粱的用意，一下推到峰顶，作者列举了我国解放战争时期著名的战将肖华、粟裕、刘亚楼这些三十多岁的人，经过历练，便成为指挥千军万马的事例，说明对年轻一代，对后人，要舍得放手，要让他们早晒根，早放手，扶上马送一程便了，不能老不放心。否则，就断送了他们的前程。唯恐不及，诗人又引述了儿子一个十四岁当兵，一个十七岁当兵，一个去了长白山，一个去了大戈壁并先后独立成长的往事，说明高粱经过晒根，才能健壮，人也一样，只有早晒根才能早成材。不"晒根"不舍得，不仅遗误庄稼，更能遗误人生。

透过"晒根"这一自然现象，仿佛让我们感受到"晒根"是一种规律，一种实践，一种磨炼，一种积累，它告诉人们，没有晒根，便没有旱苗得雨旺嗤嗤，没有"晒根"便没有"有钱难买五月旱，六月连阴吃饱饭。"作为人生都要经过"晒根"这种煎熬和磨炼，才能体味久旱逢甘霖的幸福和快乐，从而激发牢记昨天，奋发今天，为了明天的澎湃朝气，更让我们体会，得出"盖文王拘而演周易；仲尼厄而作春秋；屈原放逐，乃赋离骚；左丘失明，厥有国语；孙子膑脚，兵法修列，不韦迁蜀，世传吕览；韩非囚秦，说难孤愤；诗三百篇，大抵圣贤发奋之所为作也"的人间正道，个中滋味，从小处说是励志，从大处说是经国。高粱要"晒根"，人更要"晒根"，从某种意义上说，没有"晒根"，便没有未来，没有"晒根"，便没有旺长，是苗得雨"锄高粱"的学问给我们的启示。他不仅告诉了我们由此及彼，由表及里，以小搏大，一滴水见太阳的写作方法，更告诉我们事事洞明皆学问。不觉中竟有一种触龙说太后的异曲同工之妙。

由此，不难看出，文学水平的高低，不仅见诸于"晒根"，更见诸于洞明，而发现"晒根"原理的人，方为智者，是我一得。

2013年7月20日早

三篇短散文,一个大课题

——读《苗得雨散文五集》有感

《呼唤女孩》《为什么不疼地》《大丫、小丫》是苗老分别写于 2008 年、2009 年、2011 年的三篇散文。这些文章大都在千字左右。文章虽短,却反映了一个大的社会课题,这就是土地问题,男孩、女孩比例失衡问题。那么,苗老是怎样透过这三篇千字文,来引起家庭关注、社会关注,人人关注社会发展中一些不容忽视的关乎子孙后代的隐患的呢?

说身边事,增加可信性。这三篇文章,虽然都凸现了社会问题,但却都是从自己身边说起。例如《呼唤女孩》一文,苗老开宗明义,单刀直入点出尽管画报封面,电视广告里尽是美女,甚至美女如云这一社会现象,却从外甥女来电话,诉说其母三代上没有男孩的心理压力,让苗老一家劝劝她妈,到老伴说"都生男孩,到时候,上哪里找媳妇?"接着是给对方打电话,劝说"别想三想四了,男孩女孩都一样,生个什么是什么,都孝顺,也都能传香火……"到那边电话说:"都是站着说话不害腰疼,要叫你们摊上,怕也是哭鼻子抹泪……",都给人一种身临其境,置身事里的亲切感。《大丫、小丫》一文则是说的另一个外甥女重男轻女的事。"四妹说:'大丫也重男轻女,晚上不愿搂孩子睡觉,都是我搂着。白天我看、我喂。'"这些听起来慢条斯理,看起来儿女情长的事,却透露重男轻女思想的根深蒂固，自自然然地摆出了计划生育问题与国计民生的关系和在家庭、社会中的种种表现，让人们看到解决这个问题的长期性、艰巨性。但让人读着亲切、自然、真实可信，不知不觉中接受了文中的现实，而后采取可行的规劝也好，说理也罢，让事情在亲情中得到化解，让人感到既通情又达理，接受起来顺当。《为什么不疼地》一文，也是从"我曾问乡间有的亲戚：'修路已经占了不少地，咱自己再把好地都盖上房子，种庄稼少了，吃粮怎么办?"引伸到"为什么不疼地"这个大课题的。

由点到面，步步展示问题的严重性。苗老的三篇短文，之所以好，并不仅仅是因为他写了身边事，喻情喻理于亲情中、说笑中，更重要的在于它由此说开去，从一个个点，步步为营，扩展到一个面，让世人看到问题的严重性。在《呼唤女孩》中，苗老一家在谈了社会上为生男孩不惜做过五次、六次人流，到老伴发出"七活八不活，七个月引产，都能活，简直杀人啊……"的呐喊后，又说到孙子找媳妇，挑选余地少，有的人甚至要"进口媳妇"，这才让人们看到我国目前男孩女孩比例失衡，女孩比男孩少四千万的现实。而到了《大丫、小丫》一文则又出现了"将来五个男孩争一个女孩。""那争不着的，都得打光棍啊!"这两篇文章一呼一应，虽然不是从一个角度，但都从一个出发点反映了男孩女孩比例失调，不仅是一家一户的事，而是一个关乎民族、关乎社会稳定的大课题，麻木不得，小看不得。《为什么不疼地》也是从一家一户占好地盖房引伸到13亿人口要保住18亿亩土地，并且引经据典分析了"在底线之外，只有这个0.26亿亩的余地了。这点余地，没多少文章可做了，没抠头了。"这段话虽不能说是重捶击鼓，起码也是语重心长。

由表及里，层层揭示问题的危险性。透过《呼唤女孩》和《大丫、小丫》这两篇文章，让我们看到了苗老那"风声雨声读书声，声声入耳；家事国事天下事，事事关心"那颗不老的心。看到了"这不是闲拉呱、说笑话，是很快就变成的现实问题……要采取的措施，是欢迎女孩，大开绿灯，保驾护航。"并提出禁止B超查性别，限止不要女孩做'人流'，甚至不妨立法。大了不用说，仅从《呼唤女孩》呼唤二字,就可看出苗老那种为重男轻女不平观念的着急上火,再到大声疾呼“欢迎女孩”四字的出现,真有摧枯拉朽之力,他的目标是看到“大丫”管“小丫”了! 也就是实现真正意义上的男女平等。而《为什么不疼地》仅仅从那个疼字上,你就可捕捉到他那“问题严重的是,现在还有人在抠,在想法设法地抠”居安思危的胸怀。这篇文章的独特之处,不仅在于他鞭挞了抠地的“长”们,摆出了18亿亩土地的红线和13亿人口一旦缺粮造成的危机和出现产粮省靠东北调粮的危情。更在于他提出了全民疼地的意识。“上级也是人,是若干人的当家人,若干人的事,有人操心,若干的每个人也得操心。”“这个情况,国家管事的人需要知道,下面层层管事的人以及千千万万的百姓也都需要知道。”这就形成了“人人为我,我为人人”的大格局。有了这种大格局,大胸怀,计划生育问题也好,重男轻女也好,珍惜土地也好,都会在全民忧天,忧地,忧人中得到合理、快速解决。

苗老三篇短文章,娓娓道来,看似说闲话,啦常呱,却自始至终透出闲中不闲,从身边事中喻出大道理,这种以小搏大的写作技巧不能不让人三思。

2013年8月18日

散文的最高标准是传递正能量

——读《苗得雨散文五集》

怎样才能写好文史类散文？评价文史类散文优劣的最高标准是什么？这是一个仁者见仁，智者见智的问题。但是，当我研读《苗得雨散文五集》时，却发现了这样一个答案：文史散文的最高标准，就看你施放的是不是正能量。

《苗得雨散文五集》是苗老自2007年至2012年所作的120篇文章，这些文章有长有短，主题有大有小，范围既有抗日战争，也有解放战争，既有轰轰烈烈的新中国建设，也有改革开放，内容既有说古，更有道今，大有上下五千年，英雄千千万，民族的历史，总装在胸间那么一种牵挂和传承，仿佛让人感到是一位耄耋老人对历史的诉说和对未来的期盼。但不管从哪个角度去窥视和品读，都会发现一条红线贯穿始终，这就是字里行间都透着一种正能量，让人读了顿生豪情。

反映时代是文史散文的初衷。你像《为何难以见到(流亡三部曲)另两部》《发扬文工团队精神》《呼唤女孩》《为什么不疼地》《文学一、二期“黄埔”》《记忆中的民间小调》《大丫、小丫》《(沂蒙山小调)的搜集整理》等文章中都能够看到那个时代、那些人，他们是怎样战斗、生活的。例如《文学一、二期“黄埔”》不仅告诉我们“就事物的延续性来看，文讲所是延安鲁艺的继续；新时期以来的鲁迅文学院，又是文讲所的继续。”不仅让后人看到了我国文学建设的发展壮大脉络,更能透过那些详细的人名,认识中国文学史上那些精英,让人顿生敬意,产生向前人学步的动力。《记忆中的民间小调》中透过《十杯茶》则又让我第一次目睹了战争中中国人民的从容不迫:“石榴开花胭脂红啊,儿是青年去当兵啊,(曲谱两句)儿是青年去当兵啊,(曲谱两句);第一杯茶呀敬我的大呀,儿去当兵你看家呀(同上);第二杯茶呀敬我的妈呀,儿去当兵莫牵挂呀;第三杯茶呀敬我的哥呀,弟去当兵你笑呵呵呀;第四杯茶呀敬我的嫂呀,弟去当兵妯娌们好呀;第五杯茶呀敬我的妹呀,哥去当兵你陪嫂睡呀,第六杯茶呀敬我的妻呀,我去当兵你笑嘻嘻呀,少搽胭脂少戴花呀,少在门前打哈哈呀!”虽然只有六杯,却让我们看到了人心向往解放,那种从容不迫,视死如归;更让我们看到战争不仅摧毁不了文学,反而催生了文学。而《呼唤女孩》《大丫、小丫》《为什么不疼地》则是在改革开放条件下,被一些人忽视的隐患和未来,诗人透过三篇文章给人们的提醒和警示,字里行间,无不透出老诗人、老作家对国家的热爱和对未来的期盼。苗老的散文,时不时都会听到时代的声音,看到时代的烙印,散发着时代的气息。

还原历史是文史散文的归宿。在品读苗老散文的时候,不仅从始至终感到一种时代感,更感到有一种历史感。这个感觉我是在品读《“春天来了,万物都发青”》《在第一个春天里》《说起当年“打鬼子”》《当内战“打起来以后”》《珍贵的儿童歌曲集》《孟良崮战再记》《从沂蒙山到滨海》《撒向敌人方面的传单》《烈火燃烧在沂蒙山上》《高高的孟良崮》等 17 篇文章中感受到的。不用一一道来,仅举《说起当年“打鬼子”》一文中记载:“1941 年 12 月,原沭水县,今莒南县的渊子崖村,四百村民中的三百青壮年与千余名鬼子血战……结果,鬼子被杀死 112 名,村民牺牲 145 名,加前来救援的县、区武装中,牺牲一位区委书记和一位区长,共 147 名”。我们就又一次体味不可名状的民族自豪感。有一种历史靠人民书写的自豪。再如《珍贵的儿童歌曲集》,只有从这里边,我们才能有缘认识战争年代的“小朋友,小朋友,大家牵着手,向前走,向前走,勇敢别退后,莫说我们年纪小,不能显身手,我们要做小英雄,站在最前头,新中国的大道要靠我们走,四万万同胞要靠我们救,我们不要害怕,我们不要愁,赶走日本鬼子得自由。”不用说唱了，就是这样念念，那少年强，则中国强，自古英雄出少年的画面仿佛就挂在眼前，一种民族自尊更是油然而生。而《孟良崮战再记》《高高的孟良崮》《撒向敌人方面的传单》都像《烈火燃烧在沂蒙山上》都让我们再次领略了“兵民是胜利之本”，看到了“孟良崮战役的胜利，敌人企图打垮我华野的梦想被粉碎，华东战局扭转，全国战局也随着扭转。继而有了不久开始的刘邓大军挺进大别山，揭开了全国战略反攻的序幕。”这一扭转乾坤的一着好棋，孟良崮战役胜利的伟大意义，也更加光彩夺目，光耀千秋，让读者不知不觉感受到创造历史的艰难，书写历史的重要，借鉴历史更是后人的一种必须和自觉，懂得没有历史便没有未来的必然规律。

传递正能量是文史散文的终极目标。捧读《苗得雨散文五集》的这几十篇文章，能够感受到他创作和书写散文的初衷和归宿都是围绕着民族、国家这个至高无上的永远的命题；而匡扶正义，拨乱反正，正本清源，还历史以本来面貌，给事实一个鉴定，时时处处向社会散发和施放正能量更是他的散文追求的终极目标。单就《孙子膑脚“怎成了割膝盖骨?”》《木兰诗不是唐朝以前的诗》对两桩历史文案的正本清源，就可窥见他的严谨和一丝不苟。《孙子膑脚“怎成了割膝盖骨?”》是针对电影《战国》饰演者被割膝盖骨而发出的质疑，为此，他查了《史记》，并引用了自己在写《马陵之战在马陵山》一文中查到的资料：“膑刑原为刖刑，即砍掉双足。刖刑，是砍掉双脚，辞典、辞海上也都是这样解释。”不容置疑地对电影改编中的错误给予了匡正。而《(木兰诗)不是唐朝以前的诗》先是借用老家古文化研究家何玉环对木兰诗的研究成果作旁证，又细读了《木兰诗》翻阅了《御批通鉴辑览》卷 50 作了仔细地校对、核查，并写了自己的一些思考和见解，从而推翻了“多少朝代都一直说《木兰诗》是北魏时期的民歌”的悬案，确立了《木兰诗》是唐朝李世民时代的作品。仅此两例，就可看出苗老笔下容不得半点含糊，在他笔下出现的文或史都要有字有据，传递出真实，种种正能量，从不以讹传讹，给后人树立了一个范例。

2013 年 8 月 23 日

只有走出误区，才能渐入佳境

——读《苗得雨散文五集》(古体诗，可以写得通俗些)

古体诗像京剧一样，是中国的国粹。近些年来国运恒昌，习写古体诗的人也逐渐多了起来，各种诗社、诗刊风起云涌，如雨后春笋。应该说这是一种可喜可贺的文化复兴。但是，由于一些人是半路出家，对古体诗的理解和运用上，还存在一些偏颇，因而影响了意境的开掘与展示，就是说重视了形式，忽视了内容，重视了平仄，忽视了字意，一味的咬文嚼字，因此出现了毛主席当时戏谑×××先生的那种情景"×老，×老，诗多好的少。"近读《苗得雨散文五集》，一下被《古体诗词，可以写得通俗些》一文碰出了火花，这就是只有走出误区，才能渐入佳境。

不在字句上打转转，而在意境上下功夫。决定一首诗歌成败的关键在哪里，是意境。而一些习诗的人往往注意了诗的外表，什么五言、七言、押韵、平仄，而忽视了核心的东西。他们在那里绞尽脑汁，一冬二冬，天干地支好不容易写出来的东西，让人读着却味同嚼蜡，是什么原因呢？苗老说"诗，最重要的是那有诗意的东西，那意味深长，那让人想到好多的奇佳妙句。"什么是意境，用古人的话说就是"妙不可尽之于言，事不可穷之于笔。"或者说叫"画龙点睛"，也就是妙句、奇句、点题句，言尤尽而意无穷的耐人寻味句，因这种意境，诗才达到了可当画来读的佳境。"诗意的东西，就是'画龙'点的那'睛'"。所为画龙,可以理解为一首诗的整体,而点睛则是诗的最高峰、最传神之笔,最让人惊叹之句。而一些习写古体诗的人,往往只注意了形似,而忽视了神似,因而给人一种雾里看花,若隐若现,不得要领的感觉。

深刻不在深奥,通俗才能通衢。在古体诗的创作中,一些人往往认为寻找或使用一些艰涩的词,才能搏众,而苗老则认为"它的形态,并不深奥。相反,很朴素,朴素得甚至没有任何修饰打扮,也很通俗。"这个问题,与意境是一个问题的两个方面。假如意境是深度、高度。那么通俗就是使这种高度、深度、意境随风潜入夜,润物细无声的通衢。一些人,热衷于写古体诗,但他并不知道写诗是一种大众文化,而不只是满足于自我欣赏,因此,他们过多地注重了词句的堆砌,甚至以艰涩、孤傲为最。殊不知,古体诗的最大特点就在于朴素、通俗、明白如话,因而才达到了"李杜诗篇万口传,至今已觉不新鲜""熟读唐诗三百首,不会写诗也会诌"的境地。而这种万口传,这种"诌",恰恰说明了古体诗的艺术高峰是走入寻常百姓家。从这个角度说,古体诗之所以源远流长,正是因为它的朴素、通俗。而今天的古体诗之所以很难流传,就在于人们在认识上产生了偏差,认为深奥才能体现水平,深奥就是深刻。其实历朝历代,凡能流传的文学艺术品都是用最朴素、通俗的语言来阐述反映一个最深刻的道理或叫理念。苗老在这里提出的所谓朴就是原创,朴实无华;素就是素雅洁净,没有人工雕饰的痕迹。通俗就是成为一种约定俗成,一种生活常识、常规,在人群中,人类中共同承认和使用的一种生活模式,而这种认同几乎达到无处不在,无处不见。而正是有了这种朴素和通俗,才使古诗流传下来。苗老告诉我们,古体诗之所以被称为古,是指它的历史,它的形式,而朴素和通俗则是使古体诗不古、永葆青春的通衢。否则,只注重词句的深奥,而不注重大众化、朴素化、通俗化,古体诗的创作只能是少数人的空忙和孤芳自赏,只有走朴素化、通俗化的道路,才是古体诗的人间正道。

师古而不泥古,才能站在古人的肩膀上演绎新的光荣。人们热衷于古体诗的写作,该怎样学,学什么,为什么学,这是一些连习写古体诗的人都没有弄明白的问题。苗老在《古体诗词,可以写得通俗些》一文中,除了提出意境、通俗，这两种见解、理念外，又顺藤摸瓜，顺乎自然地涉及了第三个问题。这就是“写古体诗，不能处处学古人，泥古不化。”这就是说学古体诗是对的，师古也是对的。但是古诗是一种时代的产物。后人应该拜古人为师，也就是师古，而师古的目的并不在于泥古，而在于借船涉水，借梯子上楼，站在古人的肩膀上创造新的辉煌，也即古为今用。而现在习写古诗的人，走入另一个误区则是言必称希腊，天不变道亦不变。一切以“古”为标准划线，从形式上不允许有丝毫的不合，稍有不合，就嗤之为“顺口溜”，殊不之“顺口溜”也是古诗的一种演变。他们把自己视为阳春白雪，把别人视之为下里巴人。其实在我国古代早就有词不害意之说，就是说在内容和形式发生不合时，要以内容为重。中国的古代文学艺术不仅古诗、古书法、古戏剧、古歌谣都像座座金山，都等待我们去开采，但开采的目的，不仅要矿石，更要要黄金，要黄金手饰、配件，这就是师古而不泥古，这就是创新。建国六十多年来，习写古诗的人不少，但是真正在民间流传的有几人，有几首诗？而这种不能流传，恰恰是“泥古不化”所造成的恶果。中国有一位智者说过一句名言“学我者生，像我者死”。这就说明了师古而不泥古的康庄大道。其实在师古而不泥古问题上，历代书法家都为我们树立了榜样，要不怎么会出现篆书、隶书、楷书、颜体、欧体、启功体，其实书法也好，古诗也罢，它们只是一种先驱，是一种引路人，后人则是在大道之上，发现小道，发现近道，从土路、沙石路到高速路。没有古人，就没有今人；没有古诗，就没有新诗，但是学古诗并不是止步不前，而是有所发明，有所创造。古代戏、古代书法已经在师古而不泥古的探索中取得了骄人的成就，而一些习写古诗的人，却埋头于咬文嚼字，埋头于平平仄仄，而不注重意境的构造和悬念奇句的孕育，这是一种误区，而正是这种误区和藩篱的所在，制约了古体诗的普及和发展。

苗老《古体诗词，可以写得通俗些》从实践中找出了一条古诗写作的一些探索点，指出了古体诗写作中一些值得避免的误区，从而为古体诗进入寻常百姓家起了加油呐喊之力。

2013 年 8 月 2 日

散文靠事实征服人心

——读《苗得雨散文五集》有感

中国有一句古语叫做事实胜于雄辩,《苗得雨散文五集》几乎篇篇都给我留下了这样的印象,即用事实说话,靠事实服人,他的散文都闪烁着事实的光辉、真理的光辉。

最初给我产生这种印象的是《高高的孟良崮》这篇散文,这篇文章写于2009年,是诗人第六次登上孟良崮。1974年9月他开始一登孟良崮,写出《巍巍的孟良崮》,10月写出《沂蒙组歌》,这是二登孟良崮,到1997年三登孟良崮,和2006年的《四登孟良崮》,就这同一事件,苗老能写出6篇文章,虽"横看成岭侧成峰,远近高低各不同"但更深层的东西是什么?后来在细读中我忽然发现苗老在书写《高高的孟良崮》一文时,到处都用的是准确的数字,从时间、地点、人物、过程、结局都写的千真万确,如板上钉钉,于是一下子冲开了我的思路,这就是散文要靠事实征服人心。人们对文章的喜爱,除高超的写作技巧外,最能打动人的是事实。苗老用事实征服人心的秘诀大致体现在以下几个方面。

剥茧抽丝,以小搏大。孟良崮战役是我国解放战争时期震惊中外的一次战役,也是我人民解放军从战略防御到战略反攻,扭转乾坤的标志性战役,让一般人来看，光一篇《巍巍的孟良崮》也就够了，但苗老不这样，每次登山他都有新角度，新发现，对山上的一草一木都进行观察，对山上的大小山峰高度都有具体核实，甚至还能自己绘出孟良崮战役形势图，对其中的时间、地点、人物，透过大量走访、叙谈进行印证，核实，甚至包括国民党老兵的回忆，张灵甫夫人王玉玲的讲述，让我们对孟良崮战役有了多层次的、全面的思考。文中出现的那些准确的数字和人物，把一场宏大的战争场面，呈现在历史面前，让人从中受到震撼。读《高高的孟良崮》，你仿佛会感到苗老不仅是参与者，更像指挥者，仿佛整个战役从打响到胜利结束，一切都了然在胸。那些文字，那些数字仿佛不是写出来的，都是自己跑出来的，仅从一个事件、六篇文章你就可窥见苗老那追求事实，追求真相的良苦用心。

引经据典。对自己所见所闻，苗老也是采取不折不扣、一丝不苟的态度。在他的文章中都有人数，姓字名谁，在《沂蒙山下会文友》中甚至都写出年龄和属相。一篇《"孙子膑脚"怎成了割膝盖骨?》一文就可窥见苗老在事实面前绝不让步的认真态度:"电影《战国》正在上映。报纸介绍孙膑受刑那段场景，是这样:一个'鬼头弯刀，生生切入孙膑的膝盖，伴着孙红雷饰演的孙膑痛苦的尖叫，血腥残忍程度令在场女观众以手掩面。'我读到这里，也不仅'以手掩面，'暗叫:'有没有搞错?'"为了纠正这一历史错误，苗老重翻《史记》，从中印证了专介绍孙膑的那一节是:"膑至，宠涓恐贤于己，疾之，则以法刑断其两足而黥之，欲隐勿见。"唯恐不及，又翻阅《报任安书》一节，也是"孙子膑脚，兵法修列。"用事实给了戏说者们当头一棒，以正视听。类似这样的篇章，还有不少，但仅举一例，就可见苗老用事实说话的严谨和不妥协，不随大流，不人云亦云的性格。

追根溯源。对古代的事苗老坚持科学态度，对近当代的事也不含糊。这从两首歌中便可窥见一斑。众所周知，民间歌曲"茉莉花"风靡大江南北，但许多人一直认为就是一朵"茉莉花"，为此，苗老专门写了一篇《不止一朵"茉莉花"》利用手中掌握的大量资料，说明 1948 年《东北民歌集》中，已经有了《茉莉花》匡正了最早在江苏一代流行的说法。再如《烈火燃烧在沂蒙山上溯源》，也如实的介绍了是从《烈火燃烧在太行山上》改成的真相，并将歌词抄录书中，以备后人对照。

他还往往从这些事实中发现真理，发现哲学，进而对人生，对社会会有独到的体验和感知。别的不说，仍以《高高的孟良崮》为例。在一登孟良崮中他发出了“一件事情的重大意义，往往是时间越久远，越是明显地显示出来。”到二登时就有了“我发现了，在前面出现的一件事物的高度，原就是对一个问题的深度。”到三登孟良崮时又说“战争之险，一切细节，我是在近二十年才搞清的。”并发出了每登山一步，都会有更多的思考和想象。到2006年，诗人四登孟良崮时又有了历史是一个高度，我每次登山都有新的感受的认知。六登时发出“胜利的歌是历史的，也连着今天”的感慨，到最后形成了“美国南北战争的天经地义，我们的由自卫战争到解放战争，到建设新中国，到今天的发展的天经地义，便不言而喻。”便显得多么深邃和独到，其言未尽，意无穷，不仅巧而且妙。让我们在不自觉中便有了“散文靠事实征服人心”的认同。

2013年7月22日

风格形象篇

诗歌发展在创新

——读苗得雨《文谈诗话新编》之二

一讲到诗歌，人们都共认它是文学形式中的极品、圣品，读着它不自觉中就有一种如沐春风、如饮甘露的美，它的通身几乎容纳不了污垢的语言、亵渎的描写。然而由于市场经济的冲击，浮躁奢侈之风的滋生，一些读者片面、去追求热闹、刺激，却越来越与诗歌这种惩恶扬善、警示劝人、美不胜收、充满哲理的文学形式有了些许若即若离，有了些许理论上承认其高雅，实践中却爱不起来，或者爱的不深。面对这种历史现象或时代的一时分杈，苗得雨《文谈诗话新编》中的《从生物发展规律看诗歌的发展》一文，让人们看到“生物的发展规律，是由简到繁，由少到多，由低级到高级。一切事物的发展，都是这样。”开头，对诗歌的发生、发展用生物的遗传异变让我们看到了诗歌的发展之路，从而对诗歌的未来坚定了信心，对诗歌的繁荣充满了期待。那么如何把握诗歌创作规律，再创诗歌辉煌呢？在这里苗得雨起码告诉了我们四点：

抓住诗歌源头。要想写好诗，首先要了解诗是怎样来的，或者说谁是诗的母亲，苗得雨说“诗的发展，很像流水，由山泉变成江河”，又说“民歌是一切艺术之源，是一切诗歌形式发生、发展的渊源。”点出了诗歌的来龙去脉。在对诗歌形式的扩杈、分枝进行了透彻的分析后，他指出：“有些新形式，是某种旧形式在新情况下的再生与发展。”指出一切的新都来源于旧，一切的今都来源于古，“都须有以往的积累作基础。”并结论性告诫世人“至于民歌，它是与人民同生长，同生存的，人民不亡，它不亡。”这就要求我们，发展诗歌必须从研究民歌，学习民歌做起，没有源哪儿有流。

把握遗传与异变火候。诗歌应怎样发展，苗得雨老在从历史的角度指出了诗歌发生发展的长长的演变过程后，又以生物为例来进行细化，分析，指出“生物有遗传，有变异。‘十朵菊花九朵黄，十个女儿九像娘‘这是遗传’；‘一娘生九子，九子不像娘’，这是变异。没有遗传，便没有生物的延续；没有变异，便没有生物的发展。”在这里，遗传就是一种继承，变异就是一种发展或叫再生，或叫创新。这就指出了诗歌发展的方向和目标，那就是先继承后发展，以发展延续继承，使二者自然而然互为因果，递次前进，那民歌的山泉就自然而然流成若干条诗的江河。历史上任何一种诗的形式都是从民歌异化而来，任何一位诗坛泰斗都是从唐诗宋词异化而来，即便自由诗、朦胧诗也无不打着古诗的烙印，这就要求我们先继承—遗传，后异变—发展，没有继承哪有发展。但这种继承与发展是潜移默化的，瓜熟蒂落的，水到渠成的，不是人为划分先后的，只要我们把握好火候，继承当头，创新也就在其中了。

诗歌当随时代前进。一首诗歌或一本诗集除了它的写作技巧，之所以能够振耳发聩，代代相传，关键是它反映了那个时代，反映了人民的呼声，写出了人民不会写、不敢写，呼出了人民不会呼、不敢呼。不管是《楚辞》也好，还是《囚歌》也罢，都是一种时代的产物。舍此便不能反映社情民意，便不能与人民共鸣，受到广大读者的喜爱。“生物学的老道理说，生物界适应环境者生存，不适应环境者消亡，有利于生存的变异逐渐加强，不利于生存的变异逐渐被淘汰，这叫做自由选择。”这就是说生物要适应潮流，诗歌也要顺应潮流，当随时代，这个潮流和时代不仅仅是一时的社会背景，而应该是一条历史长河，否则就会走向庸俗与阿谀。当然诗歌无不打着历史的烙印，与时代相左的诗歌是没有的，至于怎么样去表现，当随时代，那就不仅仅是技巧，而是一种志存高远。适者存是一条不变的定律，这正是我们诗歌作者必须长期关注的命题，否则不仅无诗，也谈不到发展创新。

坚守辩证创作规律。诗歌怎样才能继承、发展、创新，文中已从诗歌的源头、遗传与变异，适者生存等诸方面给诗歌作者一系列的点化，然而怎样才能既知道怎么办，又能办好呢？在文章的结尾处，作者用“山泉流成江河，江河比山泉更雄伟宏大；江河因有汹涌不断的泉水流来，它的雄伟、宏大才有可能。这就是诗歌—也是一切事物的辩证法。不能截留，不能堵源；不能固守基础，也不能丢掉基础。”话虽不多，但都切在骨头上了，就是说对一切的诗歌形式，文学样式，都要采取开放、包容的心态，允许存在，允许发展，师古而不泥古，说旧而不贬新，一切新生的，以古化新的都会在实践中标新立异被世人认可，一切的肤浅、跟风都会在自然选择中被舍弃。这是历史的辩证法，对诗歌形式的发展不截不堵，对旧的诗歌形式不离不弃，择善而从，诗歌以其纯洁高雅必然还会走上历史的辉煌，闪烁其独特的光辉。全文虽然不超过3000字，但分析归纳出了诗歌的发展道路，虽不能说是包治百病的仙丹妙药，却是言语不多，道理很深。

2008年3月21日7:55～10:31

诗歌要“歌”是一种方向

——读苗得雨《文谈诗话》之十二

苗老认为诗歌的起源来自于劳动号子，到发展到民歌、歌谣、说唱，再到诗歌舞三位一体，既能如诗如画，又能载歌载舞，逐渐演变到诗歌舞分家，一部分淡化了舞的功能，但谱上曲子能唱的成了诗歌，又唱又舞的成了歌舞，但都有诗的意境。歌的元素的研究，是独到的、系统的、最具理性与感性的。

苗老《诗歌要“歌”》一文虽然不足千字，但一个要“歌”却申明了自己对诗歌发展的一种主张，强化了歌在诗中的地位，指出了诗歌逐渐被散文化、自由化、朦胧化，而淡化了诗歌既可意会又可言传的功能的不良倾向。道出了诗歌不仅要诗中有画、画中有诗，读时是首诗，细想是幅画那种含蓄美妙，同时又能歌能舞的节奏感那么一种真、善、美。这对诗歌的继承、创新发展，展示诗歌的内在美和外在传播能力都具有警醒作用，给人一种众人皆睡我独醒的清亮感。苗老之所以在30年前就呼吁诗歌要“歌”，是因为他从理论到实践都能体味到，只有能歌的诗，才具备“形象性强，善比喻，善夸张，语言生动、顺口、押严格的韵、自然，节奏感强，排比、对仗等手法很讲究。除此之外，还有音乐特点，如有的采用歌曲中常见的反复吟唱的手法。它所以能流传在人们的口头上，能顺着口溜，能哼哼着唱，念也好念。”是因为它具备了能歌的特点。而形象比喻、夸张、节奏感、音乐感恰恰是被当今一些诗人所普遍忽视的倾向，写出来的一些诗虽意境上有所强化，但自觉不自觉地减弱了歌的成份。因而也就失去了流传的功能。让人一读风吹云过，淡而无味。进而忘记了鲁迅先生所讲的“诗须有形式，要易记，易懂，易唱，动听，但格式不要太严”的创作目的。社会上为什么有文学，为什么有诗歌，既是一种时代的要求，有警示，劝人，娱人的作用，又有不废江河万古流的传世之目的。人间虽早有“李杜诗篇万口传，至今已觉不新鲜”的调侃，但“熟读唐诗三百首，不会写诗也会诌”仍然是当前少儿启蒙教育的首选。目前初级小学开设的诵读课也是诗歌流传的一个写照。由此不难看出，诗歌要流传就要做到“易记、易懂、易唱、动听”。而要达到这三个易字，就必须遵循苗老所提倡、所关注、所呼吁的诗歌要“歌”的创作主张。要字当头，“歌”也就在其中了。只要我们强化了歌在诗中的地位、份量，诗歌创作中的形象比喻、夸张、押韵、节奏感就会自然而然在创作中得到运用和体现，那诗歌的张力也就会自然而然的得到强化，而诗歌散文化、自由化、朦胧化的倾向也会随之得到扼止和克服。

2008年11月16日夜2:55～4:40

早7:30又改

飞起来的诗歌靠糊涂

——读苗得雨《文谈诗话》之十

《从“明白文章糊涂诗”说到诗与科学》是一篇不容割舍的文章，是苗老从诗与科学的角度对中国一句经典“明白文章糊涂诗”的新解。文中那从李白的诗句与毛主席的论述，从科学与情理，虚与实等几个方面的剖析解说，让我慢慢从中理解了“看起来似乎糊涂，实际不糊涂”的要义，并且从中捕捉到了诗歌要有张力，诗歌要飞起来还真得要靠糊涂，否则，写出的诗歌不是有气无力，便拿不住人，没人看。

一曰：“情理”是前提。它不科学，却合情合理。按照文艺特点要求，文艺作品所表现的事物，很多是按照生活中的“情理”去表现的。如写人的心能飞，“我的心在飞”。文中苗老在分析的基础上告诉我们：“从科学上讲，人的心是不能飞的，人也只有借助能飞的东西才飞起来，但你可以见到多少诗中写到人的心在飞？”并且让人感到真实可信。为了说明这个问题，苗老一开始引用了唐代诗人李白的“君不见黄河之水天上来，奔流到海不复回。”我到过黄河壶口，那种从大山中突然崩出的黄河确有天上来之感，但它又不是从天上来的，这就是科学与情理的碰撞，如讲科学则显得枯燥，非万儿八千字说明不了问题。而一个“黄河之水天上来”则显得传神，有横空出世之感，因而人们更愿意接受这个“情理”，并受其鼓舞熏陶，祖辈流传，生生不息。由此不难看出要写糊涂诗,“情理”是前提。

二曰:写虚是要求。诗歌的特殊性,要求作者不能像写论说文、说明文那样一个萝卜一个窝。诗可以跨越,可以省略,有一种天马行空,独来独往的味道。为了说透这个问题,苗老引用了“毛主席说,太现实了就不能写诗了”。我们常常将写得太实的诗说它“还没有飞起来”,这里指的是诗还不够抒情。诗是越抒情越好,要有想象,要有联想,要有比喻,要有形容,要有夸张,要从实到虚,实中有虚,虚实结合,要浪漫主义,要有点“玄”,不能太科学。从这段话,我们不难得出这们的结论,写出“看起来似乎糊涂,实际不糊涂”的诗是诗歌形式自身的一种要求,从某种意义上说,不糊涂,不虚就没有诗歌。糊涂是诗歌对诗人的一种客观要求,不是愿不愿意的问题,赞成不赞成的问题。从诗歌几千年来的实践来看,甚至可以说不会糊涂,便无好诗。倘若举例,不仅李白、杜甫,翻翻毛主席的诗词也几乎无不打着“糊涂”的烙印,但都是诗中极品。从中我们不难看出“糊涂”是诗歌形式自身的一种客观要求,谁能跨越?

三曰:实作基础。前边我们从两个方面理解了苗老对“糊涂诗”的新解,但并不是说这种糊涂是随心所欲、漫无边际的,它是建立在实这个基础之上的。为了说明这个道理,苗老告诫人们“当然,光虚也不行。虚是以实作根据,以实作基础的,人的心不能飞,但人能想,能从这想到那,不也是飞吗?”在这里,我想用苗老《可以“磨”尽》一诗为例。诗说:“磨不尽的米,磨不尽的面,磨尽了蒋家匪兵八百万”。磨面是实,磨蒋匪是虚,但是谁能说八百万蒋匪仅仅是磨尽的,也是打垮的。但是没有人民磨面支前,便不会有战士强壮的身体打蒋匪。在这里用磨尽蒋匪既合情又合理,谁也无异议。这就是人们常说的比与兴,实与虚,想象与夸张。说到家,我从苗老的“糊涂说”之中体味到了革命的浪漫主义与革命的现实主义的味道,他用“糊涂诗”三字形象自然地解说了诗歌之道,让我们看到了诗歌要飞起来,就要学会糊涂,准确的而不是乱用糊涂,诗歌也就自然而然地飞起来了。只有飞起来的诗歌才会引人入胜。

2008年10月26日7:10～8:40

下午又改两遍

文学风格在独创

——读苗得雨《文坛诗话》之二

众所周知，人有风度、气质。这风度与气质就是一个人长期历练修养的结晶，不管他在场不在场，出场不出场，人们一下子就会想起他与众不同，那种标新立异，无形中给人一种榜样，一种影响。作为文学，风格也是人们梦寐以求的目标。那么什么是文学的风格呢？长期以来，我对这个问题是只知其一，不知其二的。但是我最近读了苗得雨老《文坛诗话》中的《风格和形式》一文，似乎从中找出了一些脉络，看出了一点门道。

首先，苗得雨告诉我们“风格和形式不是一回事。只会运用一种形式，不一定就有风格；多种形式都会运用，不一定就没有风格。同样，两人运用同一种形式，不一定风格就一样。”在这里我们起码能感受到风格与形式是一个不同的概念，不能混淆等同。

其次，告诉我们什么是风格。苗得雨在用比较简洁的语言分析了李白、杜甫、白居易都写五言、七言古体诗却有不同的风格，鲁迅善写杂文、小说，但读一种文体便可知是鲁迅手笔。“可见，风格是一种独创的东西。只要善于独创，不管运用什么形式，一种或多种，旧的或新的，都不难于形成风格。”反之不善于独创，难于形成风格。这就是说风格是一种独创，是一种人无我有，是一种人皆迷朦我独醒，是一种打着时代、作者烙印的写作风格，就像市场上的注册商标，让人一看就知道是谁家的产品，不自觉中产生一种信赖和诱惑，施放出无尽的引力。风格又是以不同来吸引人、感召人，就像鲁迅、艾青、臧克家一样，正因为他们有不同的风格，因而都打出了各自的旗帜，拥有了自己的读者。由此不难看出，风格对一个写作者是多么重要。

三是告诉我们创造性的基础是积极性。风格既然是独创，那就不是一蹴而就的，它必经无数次的“敢想敢做。要多学习，多练习，多思考，多实验，多闯。”而要达到创造性的基础是什么呢？是积极性。别小看积极性这三个字，它划清了独创与模仿，要我学和我要学的界限。世上万事万物，一切的发明创造都来源于那个“我要怎么样”，而不是来源于要我怎么样。纵观中国历史，一切物质的、文化的，“四大发明”“四大奇书”都是来源于“我”字，即积极性，舍此一事无成。诚然这个“我”字并不是以我为中心，而是以我之奋斗换取大我之进步。

多创造是风格形成的必然结果。有了积极性只是解决了形成风格的前提和条件，而要达到理想的彼岸，仅仅靠多学多练是不够的，还要“在积极性的基础上，多创造。多创造，久而久之，自然而然，风格就会形成。”多创造就不是一次创造，而是生命不息，创造不止。在这无数次的创造中，慢慢就会形成一种独到的遣词造句、用笔行文的规律和模式，逐渐达到“人家一看你的诗，就觉得是你写的，独有一种味道，和别人的不一样。”读到这里，我们不禁豁然开朗，什么是风格？就是和别人不一样。怎样才能形成自己的风格？独创。综上所述不难看出，一个作家、一名诗人在文学史上能否留下一笔，打上烙印，就看你有没有形成自己的风格，打上自己的中国名牌——风格；反之，形不成自己的风格就会人家的柿子论个卖，俺的柿子论碗量。

2008 年 7 月 19 日 8:30～10:35

"熔百家为一炉，出吾体于众匠"

——读苗得雨《文谈诗话》之十四

说实话，"熔百家为一炉，出吾体于众匠"不是苗老的原创。但推崇、坚持、弘扬、传播、践行这一理念的，苗老是原创。这些理念和主张，我粗略翻了一下，大体散见于《熟悉一下邻居》《取长补短》《写书者要读书》《作家的肚腹》《谈文艺工作者的爱好》《再谈写书者要读书》《直接经验与间接经验》等诸篇文章中。通过这些文章，苗老对"熔百家为一炉，出吾体于众匠"进行了理论研究与实践力行，我从中体味出苗老有三种主张。

博学。怎样才能"熔百家为一炉"呢，苗老要求自己和同道要《熟悉一下邻居》就是文学工作者要琴棋书画、诗词文赋虽有主次，但都懂一点。"各种艺术形式，各有所长，各有所短，因此，互相学习，取长补短，是必要的。"这就把命题摆在了大家的面前。怎样破题，苗老在这里亮出了自己的旗帜："作家是写书的。但要写好书，除了深入生活和加强政治思想锻炼外，还要读书。读书不好，书便写不好。不是一个好读者，就不可能是一个好作者。"这就把因果和继承与发展的递进关系摆了出来。前提是只有读好书，才能写好书。至于读什么书，苗老举了很多，简而言之，就是古今中外，概莫能外。为什么要读书，那是因为"至于古代的东西，那就是走遍天下也无法得到"的。只有读书才能弥补先天不足。他以曹雪芹的《红楼梦》虽只写了荣宁二府,“但我们在里面看到的是一个社会,一个世界,一个历史。”从而得出了“伟大的作品,是作家思想和智慧的结晶。作家没有长江大海似的知识,写出的作品只能是小河沟”的定论。基于此,苗老疾呼“我们提倡爱好的广泛性。”“我们要做有多种爱好的人。”只有这样,才能“经历不足百年,阅历可超过百年”,避免经历的具体、实感,局部获得“阅历是广阔的、全面的”宝藏。这就是博学,也是实现“熔百家为一炉”的唯一通道。

悟道。博学能解决“熔百家为一炉”的问题,那么,“出吾体于众匠”的目标又怎样来实现呢?这就不仅要求我们有“行万里路,读万卷书”,“读书破万卷,下笔如有神。”“熟读唐诗三百首,不会做诗也会溜”,“熟读唐诗三百篇,不会做诗也会编”,“笔写一千,眼读一万”的精神,更要有“我侬俩个,忒刹情多,忽一日,将其打碎,再和一个你,再和一个我”的交汇、包容、吸收,还要有“横看成岭侧成峰,远近高低各不同”的独到和慧眼。从一般规律发现特殊,有一种“众人皆睡我独醒”的发现和表述,说出与别人的不一样,这就是风格,也就是苗老所主张的“出吾体于众匠”。不仅要好读书,读好书,还要活用活学,钻进去,跳出来,在作品上打上一个“个”字,一个“我”字,避开“尽信书,不如无书”的窠臼,实现师古而不泥古,述旧是为了创新这一跨越。

践行。学习的目的全在于应用,这是一位哲人的话。再好的理论束之高阁也没有用,好像也是这位哲人的话。虽时过境迁,我以为他的理论是对的。苗老之所以能从一个“孩子诗人”成长为文坛名家,就在于他不仅重视理念、主张,更注重身体力行。苗老在文中说“我写诗的路子也还是注意尽可能宽的,总想像战士善于使用各种武器一样,诗的各种样式应尽可能多运用些。”又说“老诗人,新诗人,古诗人,我都注意学。在诗的样式上,古今中外许多样式我都想学学试试,我重点写的是民歌特点的格律诗。”正是由于苗老从始至终注意了写诗的路子尽可能宽,加上战士一兵多用、一兵多能的特质,在自觉不自觉中就把古今中外“熔百家为一炉,出吾体于众匠”了。于是便使他的诗不仅有“四句一节，双音节落尾，押大致韵的白话诗－即自由诗。还有民间小调体、鼓词、快板、戏曲唱词一类的曲艺体，带有律诗、词、明清小曲味的格律体，五言杂字体等。”正是由于自觉地遵循和行走在一条“熔百家为一炉，出吾体于众匠”的诗歌道路上，因而他的诗无不打着民族的烙印和苗氏的烙印，让人读着兴奋，不自觉中对苗老的诗风有了向往与追求，不经意间说与他人也成了自然。那“熔百家为一炉，出吾体于众匠”将是我毕生的追求。

2008年12月7日7:15～9:32

八品八赏看传承

——读苗得雨《散文四集》

这几天我一直处于一种激动，一种情不自禁，一种难以割舍的兴奋中，这倒不是遇上了风刮钱天下金的喜事，实在是被苗得雨老那《传统歌谣再品赏》之一到之八闹的。经过一下午的头疼，我也从中琢磨出了一点味道。

从苗老的诗中我们不难发现苗得雨是从民歌、民谣里走出来的现代诗人，为什么还对传统歌谣那么情有独钟，那么爱不释手呢？通过反复拜读，我发现苗老对传统歌谣的情与爱主要体现在下面几点：

责任促使他去收集。传统歌谣所涉及的大都是婆媳怨、妯娌怨、姐妹怨，既不是阶级矛盾，又不是民族矛盾，没有多少教育意义和认识意义，顶多有审美意义。但苗得雨从几十年的研究民歌传统歌谣中发现“其实非也。一切家庭矛盾都是社会矛盾的反映，或者是社会矛盾的一个方面，各种‘怨’中都有深刻的社会原因。”基于这种认识，除了他《生活在儿歌童谣里的时光》唱童谣、念童谣，接受传统歌谣熏陶，创作新歌谣外，“进城以后，我按记忆录下一百余首，又在一些年中继续搜集，记到了二百余首。这二百余首，好些年我几乎都能背过。”又说“存在决定意识。这是可研究的这类歌谣里的认识意义，而歌谣中的夸张，又可以在艺术上出味，这是可品赏的。品一品，就会知道歌谣何以能吸引人,何以能久久流传的奥秘。”这就不难看出苗得雨偏爱传统歌谣一是从社会性,二是从艺术性思考的。基于此,直到“1958 年搜集新民歌时,我趁机让各地作者也搜集旧民歌。至今几百首旧民歌仍在手头。有好些从未研究过和披露过。”从这几段自述,可知他之所以如此痴迷于传统歌谣的收集,是基于一种社会责任,所以才能乐此不疲。

对传统歌谣的收集从文中看是他毕生的一种责任,但责任不仅仅局限于个人欣赏,使命感又决定了他把这些传统歌谣要传播出去,使之变成一种社会的财富。应该说社会上收集民歌传统歌谣的并非就苗老一个人,但对收集来的民歌能够分别以《婆媳何怨》《微妙的姑嫂怨》《婆媳的主从关系》《歌谣里的婚姻大事》《不应当的改动》《让人乐的趣歌》《不孝歌的现实意义》《“颠倒歌”的味道》八个部分,二万余字来公之于众,与众人共赏的,从我看到的文献,只有苗得雨。我们说传统歌谣并不一定首首讲政治,篇篇有现实意义,但当您读到苗老为您推介的传统歌谣事例时,您就会情不自禁地去欣赏去体味,从中不难发现我们这个民族的智慧、幽默、风趣、想象力,让你忍俊不禁,陶醉其中。您看《嫂子挑水小姑子望》,“擦脸布,印红杠,嫂子挑水小姑子望;去跐碓,上升量。俺娘不是穷人家,刷金锅,烧金茶,炕头上金娃娃,锅门口里金菩萨;大门口里摇钱树,摇钱树上金老鸹;金牛车,金牛拉,金牛头上戴金花;打场使那金碌碡,翻场使那月牙杈,扫场使那虎尾巴,两把耩子耩黄瓜!”这里是说,你不要看俺,瞅机会,怕俺偷东西给娘家,俺娘家并不穷,用的一切东西都是金的。这一通“金”是这个意思。看看这语言,岂是赵本山所能望其项背的。再看一首反对童养媳,反包办婚姻的。“石榴花开叶儿长,十八的大姐九岁的郎。要说郎来郎又小,要说儿来他不叫娘。夜晚上床都是俺来抱,还得给他脱衣裳。头一后晌尿了床红绫子被,第二后晌尿了第二床,第三后晌没啥尿,尿了俺的绣花鞋一双。尿了旁的俺不恼,尿了绣鞋俺疼的慌。一番寻思一番恼,劈头打他两巴掌。头一巴掌叫姐姐,第二巴掌叫亲娘,叫声亲娘俺不敢了,从今俺光吃干的不喝汤;不是公婆面子大,送到后园喂了狼!”读读这段歌谣,其故事的真实，抑扬顿挫，语言优美，竟让人有一种天上难找，地下难寻的敬佩。还有那“蚂蚁过河踩塌了桥，葫芦沉底碌碡漂”，“天上无云下大雨，树梢不动刮大风，滚油锅里鱼打浪，高山顶上把船撑，东洋大海失了火，烧毁了龙王的水晶宫。”让人读来都有“这些语言是咋得来的”的惊叹，更感到了歌谣的不平之声、民族精华。仅仅从这引用的几首，我们就不难看出，苗得雨收集传统歌谣的目的，就在于把这种好的诗风传播开去。

“旧年代处处充满了不平，有穷富之间的，男女之间的，大至统治阶级的压迫、剥削，广至封建主义的思想、意识，小至生活中的种种禁忌。那时间的民间歌谣，可以说，基本是不平歌。”苗老的这一认识又进一步点出了民间歌谣的积极意义，反对不公、不平，争取自由解放。虽然没有远大的目的，但透出了民族的觉醒。所以后来，共产党的主张，一传入民间，立即就点燃了星星之火。从这个意义上说，传统歌谣反映民意，反映民众诉求。几十年过去了，这些传统歌谣已逐渐失去了它的广泛性、现实性。那么我们欣赏传统歌谣会得到些什么，或叫传承些什么呢？苗得雨指出：“民间歌谣里有好多趣歌，难讲它有什么意义，但不能说它没有意思，人们乐意传它，唱中觉得乐，就是这个乐，使这些歌谣有了经久不衰的生命力。”又说“可惜当今许多诗的想象力太差。在抽象中想象，那‘象’不感人，不吸引人。”从这两段我们不难看出传统歌谣起码具备乐、想象感人两大优点。再往下看，苗老又说：“这些像是没啥意思的歌谣，想一想还是奇妙的味道。一是它品格诚。……歌谣的想象引你想象，这就是艺术效果……我看也不妨说，这类歌谣也是寓教于乐的一种手法。不然，它不会如此经久不衰地民间流传。”从苗老的八品八赏中，我感受到，传统歌谣首先反映了不平、追求，它非常精彩地运用了比、兴、夸张、想象、比喻、情趣、哲理，蕴含着中国诗歌的足迹、经典，我们所继承的主要是手法，学字当头，创在其中，我们只有潜下心来品赏传统歌谣，诗歌之母，才能青出于蓝胜于蓝，创作出当随时代的歌谣和诗歌。我读八篇品赏文，反正是被牵住了，拽住了，不能自拔。

2010年1月23日

“三个善于”见高低

——读苗得雨《文谈诗话新编》之三

文虽无定法，却有宏论。

近读苗得雨老《文谈诗话新编》中的《生活及表现方法之多样》《创作漫谈》《‘接过来’的形式和‘借过来’的形式》《说话与写话》《讽刺诗写法种种》《关于诗法的通信》《乡土诗与诗的民族化》等等十几篇文章，捕捉到了一些点化之笔、传导之笔，让人不自觉中有一种文章应当这样写的感慨与认同，情不自禁地有一种抬望眼，天外有天的舒展。《生活及表现方法之多样》《创作漫谈》主要是从理论和实践的结合上讲怎样观察，怎样发现，怎样表现的；后边诸篇大都是从一个分枝、一个分杈细致的、具体的、多角度来细化、展现怎样表现的，读来令人有一种心头一亮、豁然开朗之感。最提神的就是那个“善于”，现就自己的一孔之见，谈点心得。

善于观察是对文学工作者的起码要求。文学工作者与非文学工作者在对待知识的掌握、事物的分析把握上是没有多大差异的，唯一不同的是文学工作者往往不仅关注事物的整体与全局，更注意细枝末节，注意细微之处见精神，注意事事洞明皆学问，注意窥一斑而知全豹，然后透过那一鳞半爪由表及里，由浅到深挖掘出真理、哲理，带有普遍指导意义的东西。在这里苗得雨不仅要求作者重视自己的经历，还结论性的要求作者“善于观察，具备自觉地观察事物的习惯”“在平时生活中，注意观察到了一些东西，受到一种启示，写成作品。若不注意观察，就没有什么思考，也不会写出什么来。”这就清清楚楚地告诉我们，文学来源于对生活的观察，没有观察就没有文学。为了说明这个问题，苗老还详细介绍了他观察风，发现“不平静中孕育着平静，平静中孕育着不平静。政治生活中的风也是这样”，从自然风到政治风经过提炼而写出《风谣》的创作经过。言语虽然不多，但他告诉我们没有观察，没有留意，就受不到触动启示，没有触动启示也就没有文学。一个“善”字点出了观察的前提地位、基础地位，也道出了文学水平高低的差异是善于观察与不善于观察，善字当头水平自然就高了。

善于发现决定文学境界高低。观察是文学的前提和基础，但并不是说有了观察便有了高雅与格调，它还要经过由表及里，由浅到深，由低到高，去伪存真，去粗取精的提炼与酝酿，这个过程就是发现。苗老在文中说“所谓发现，就是上面所说的从你观察到的事物中找到某一个意思，这也就是你未来作品的主题思想的雏形。”也就是赞成什么，反对什么，让人有一个倾向性提示。这个问题说起来简单，做起来难。他在这里告诉我们要善于发现起码有三个环节。首先是发现事物。在这里他举了孙犁的《碑》为例，借“写赵老金一家和军队有着深厚的关系”这一事物，通过小菊织布，打捞战士尸体过渡到主题。打捞战士是事情，但到“他在打捞一种力量；他就像立在河岸上的一座碑”这便是主题所在，没有主题，就像人没有灵魂，没有灵魂的文章是没有人看的。即便是宣扬邪恶丑陋的作品也是有主题的。此一点对于那些下笔千言，离题万里的作者无异是一种提醒和警示，其重要和诗人用心是显而易见的。后边例举的《戏缢》《哄堂》《地震》《项链》等国内外名篇和诗人的《一棵绣球花的怀念》《这就是泰山》无不为我们树立了发现的范例。深刻的思想是发现的最高、最完美的境界。苗老在层层阐述发现事物，发现主题的基础上环环相扣，逐步递进，不失时机地提出了“写作品不能就事论事，总要有思想。这个思想必须从生活的现实中发现，然后自觉地渗透到情节中去。正如恩格斯所说：‘让倾向从场面和情节中自然流露出来。’让读者体会到，意会到。”一个体会一个意会这就对作家提出了极高要求，也就是不着一字尽得风流，此处无声胜有声，这就挖掘到了作品根脉，由此不难看出善于发现者不亡。

善于表现是达到理想彼岸的桥梁。古人云，师傅领进门学艺在个人。会使船的看风，会种田的看雨。一般来讲有了观察事物和发现主题的能力就为创作打下了坚实的基础。但怎样表现和表现什么往往成为检验作者水平高低的分水岭和试金石。在这个问题上，苗得雨在以孙犁和臧克家为例除了告诉我们不要直说直写外，还给我们如下启示：按照逻辑表现。苗得雨在分析了表现手法的公式化概念化以后告诉我们："要按照生活的逻辑、事物发展的规律来表现生活。"言语不多，一下子就从哲学的角度切入主题，点出了问题的本质和要害，这就是反映真实的生活和生活的真实。其次是表现差异，也就是"人有一样生，没有一样死。"同样语言不多，但告诉人们文学作品的高低在同样命题下怎样写出不同，从差异中取胜。这是许多人说起来明白，做起来糊涂，出现了群山无峰的现象却浑然不知，这正是文学很难超越的症结。再是表现情理。苗老说："生活有生活的情理，艺术侧重写生活的情理。"两句话虽然都有"情理"二字，然含义是不同的。就是说生活中的情理不能包括艺术的情理，但艺术的情理必然涵盖生活情理，这就是源于生活高于生活，否则就要落入俗套，成了自然主义的模写。最后是怎样表现。这就是"用形象的、具体的、可感的东西去感染读者。""文艺中所写的'一'不是数学中的'一'，而是有虚实的'一'。""诗，可以跳跃，跨度可以很大，把一些过程略去。"等等。总之"生活中的辩证法无时无刻不存在于神圣的艺术之中。能否创作出高精尖的作品：一看我们对生活的观察；二看发现的程度，也就是高低，深浅，偏和全；再就是表现手法的驾驭能力，这三者合起来可以看成三驾马车，三个"善于"虽然不能包治百病，但研究透了，就可以飞起来，立起来；反之，就总是飞不起来，立不起来，原地踏步。

2008 年 4 月 22 日 8:00～10:30

12:30～13:40

23 日 5:20～6:55 又改

深入浅出话求实

——读苗得雨 20 世纪 60 年代诗歌有感

前不久读完了苗老 20 世纪 50 年代的诗，又用一个多星期的时间，反复捧读了苗老自 1960 至 1966 年 7 年时间，实际是 4 年时间选的 60 首诗。不知是政治原因还是自身原因，从内容上看缺了 1964 年到 1966 年三年时间的诗。纵观这些诗，大都平实耐读，反映的大都是农村和故乡的内容，当中也不乏对生活深层次的思考和提炼，处处闪烁着哲理的光辉。如泰山七首中的“太阳离地数丈——山高红日长！”“走上半日回头望，山高仍遮半边天！”那发人深省，回味无穷的诗句。但最使我不能忘怀的，是那些深入浅出，赞扬诚实、朴实，歌颂求是求实、脚踏实地的诗歌。

我国历来就有实事求是的优良传统，1921 年诞生的中国共产党又把这种实事求是的精神发挥到了极致，成为中国共产党区别于其他政党的标志，这就是不尚空谈，一切从实际出发，讲实话办实事，就凭这，打败了号称八百万大军的国民党军队，建立了新中国。然而刚刚建国九年，党内从上到下不知不觉中滋生了一种好大喜功的热情，一些人和组织开始好大喜功，浮夸虚报，导致了 1958 年的丰产不丰收，引发了 1958～1960 年令人不能忘怀的天灾人祸——三年自然灾害，幸亏伟大领袖毛主席以领袖的高度和胸怀，亲手来处理和制止了这种不实之风,并带头自我批评,承担责任。而苗老在此时此刻写出的《墙头诗谣》一束,就是在这种背景下用朴实无华的语言,实实在在地写出了讽刺规劝那些不实事求是的人和事,有力地反映和配合了那个时代,而且写得活灵活现,一针见血,让人躲都躲不了。例如"流得热汗,吃得热饭。馍馍香甜,不会自己跑进筐篮。要图舒坦,肚子里叫唤!""说了不做,等于不说。光说不做,净赚两嘴唾沫!""种地不用实力气,麦子长成秕谷子"这些实得不能再实的语言,把浮夸之风刻画得淋漓尽致,像打在脸上的巴掌,红一块紫一块,揭不下来拿不走它,使人脸发烧,心发跳,不能不扪心自问,痛定思痛。苗老不仅仅是讽刺批评浮夸不实,而对实事求是之风又大加赞扬,使人们学有目标,赶有方向,为达此目的,他在《石头赞》中直抒胸臆,"我非常喜爱家乡山沟,我喜爱那平凡的石头,我愿做耕石刻石的山乡人,我愿做结结实实、朴朴实实的石头。"这就不仅仅是旁观者,而且成了力行人。可见苗老当时对不实浮夸之风认识是多么深刻和睿智。再如后来的《老八路作风》《你如是一粒种子》《枣》《粗拉人》《醉人的泥土气息》等诗,对实事求是更是大加赞扬,期盼出现一种"在一切脚踏实地的人们身上,都散发着这种可贵的气息"的社会大环境。读这些诗,让人有一种历史感,不由自主地产生一种历史认同感。

时过46年,在改革开放形势一派大好的主流中,又不知不觉出现了一种欺上瞒下,弄虚作假数字出干部等等不实之风,而且比1958年的浮夸之风有过之而无不及。在这种情况下读苗老反映实事求是的诗歌,就更具有针对性、历史感,让人有一种震撼和警示。

2006年7月15日7:00～9:00

平中见奇方为高

——读苗得雨1985年至1986年诗歌有感

凡是读过苗得雨诗歌的人，无不觉得有平静如水，明白如话，娓娓道来，如数家珍，那么一种自然，那么一种亲切。活脱脱一个平常人，用一颗平常心，为一些平常人写了一些平常的诗。乍一读，感到没有什么，好像一个实在人，说了一些实在话，可是当你三遍五遍地读下去，读进去，就感到越读越耐读，越嚼越有味，慢慢便有一种爱不释手，有一种大珠小珠落玉盘的感觉，有一种栩栩如生、金玉良言的味道。是什么因素使读者产生这种感觉呢？笔者在读了苗老的500多首诗后，隐隐约约感到，苗老的诗之所以深受读者喜爱，流传于世六十年而不衰，其中一个最宝贵的东西，就是平中见奇，而恰恰是这平中见奇，让人们感受到了苗老诗歌的高人之处，也正是这种平中见奇紧紧抓住了读者，使人们一接触上就有一种摘不下眼，放不下心的体味。

就拿《吃笋记》来说吧，诗人一开头就写道“甜似银瓜，脆似嫩藕。”谁能说这两比喻不平呢。如果光看这两句，三岁小孩也会吟诗。可是就在这平的不能再平的情况下，诗人笔锋一转“无疑是一根竹落肚，一棵梁入口。”那诗绪、诗情就像人在梁上打了个提留一下跃上了屋脊，就像江水遇到了暗礁，一下子弹起了浪花。吃笋的人不少，大都有一种甜嫩似菜似肉的感觉，可是有谁能想到人们吃下的是一根竹子，入口的是一棵梁呢？也没有听过，这样的诗句你说奇不奇？这一奇就抓人，使人不由自主地要知道，能吃竹入梁的是一些什么人呢？为了回答这个问题，诗人紧接着写道："有托大厦之力，架起节节升的高楼。勃勃生机溶我一身，生活应有这样的吸收"。一句话点题了，就是说，中国人有吃竹入梁的胆略勇气，自然也能把其吸收。试想能把竹梁吸收的民族，自然也就会有托大厦之力，其结果也必然是架起节节升的高楼。当你看到这里，读到这里的时候，你还有诗人写诗平淡的感觉吗？你不感到诗人笔下的笋在诗人的笔下被写得是多么奇特，其境界是多么高雅、高深？《吃笋记》是这样写的。再看《观哈尔滨市人体知识展览》，诗人这样写道："是常触见，是常看见，有感未必有知，捂捂盖盖才成稀罕"，你说这诗起的平不？叫谁说都平，可是当诗人经过参观，有了感悟的时候，"凡知识应为人知，人不能对人隐瞒，凡科学就要探个究竟，只要人身上有的就不怕人看见。"几句话就把整首诗的立意拉了起来，使读者不得不感到奇特，奇巧。这还不是最高处，到最后"让人都知道自身的奥妙吧，文明不能再为愚昧保密，这样的科普工作者值得称赞。"真是前无古人，后无来者。一句话就把诗的高度活脱脱展现了出来。虽不能说是惊天动地，说催人猛醒总不为过。大家知道食品是很难写的，不是类同，就是词语堆砌，而苗得雨写《天津食品街写意》一开始用一句"游进吃的海洋"，就把读者引入诗境，再一句"跳上味的山岗"，就使读者欲退不能了。当他写到粮食的重要是"只是沧海一粟，便焊接上断肠。"肠子有一粟来焊，足见一粟的重要。那就不是谁知盘中餐，粒粒皆辛苦了，而是一粒米能救一条命。此语一出，浪费者岂不汗颜，要不珍惜粮食，肠子就接不起来了。此语虽妙，但还有高的在后头。你看诗人是怎么来总结这次参观的。他说"观赏也是吃，物质里有精神食粮。"购物者透过吃，品味生活，而诗人则把观赏也当成吃，而且是品味出了精神，物质变精神，精神变物质，相辅相成，缺一不可，一条食品街，品味出了人生，你说这样的诗立意高不高，境界高不高。由此不难看出，写诗不怕平，就怕不出境。一句诗、一首诗、一本诗，其品位的高低，不在用语的深奥艰涩，而在诗魂的高低深浅。读苗老的诗，一开始都有平淡的感觉，但越读感到越深，一口两口嚼不尽滋味。苗老的诗大都从平处入手，从奇出高，让人们从平中见奇，探高。你看他写太阳岛，诗人采风出岛时的情景是“是从太阳岛跃出来，无数个小小的太阳”，多么传神灵动。写《雨中游太阳岛》“让万物与人，一同清秀”；写《观葛州坝工程》“人不是不能战胜自然的，只要尊重自然，只要借用自然。”这就把唯意志论引导到遵守自然规律上来了，战胜自然不是蛮干，而是依科学和借用为基础。写《峡江图》“曲折迂回，未必不浩浩荡荡，阻力重重，照样升腾激越。”写《荆州赋》“骄傲是这样的大害，丢城丢地，到了时候连人也丢。”写《想到刘备东吴招亲》“用计害人者，反被计害”；写《朱元璋城堡》“不知一步就可抄进明朝，世上没有攻不破的坚牢”，写农业中专毕业“用种子撒向那懂了科学的土地，种子撒向那识了字的土地。”土地懂了科学，土地识了字，一下子就把诗推向了高潮，等等等等。想想看看，哪一首不是写的平如水，又有哪一首不见奇，哪一句点题的诗不是语惊四座，入木三分。

由此看来，假大空的诗是无词的表现，心平气和是有力量的展示，暴跳如雷是理屈词穷的无奈。凡事如此，写诗亦如此。

2006年8月26日8:00～10:40

“笔写一千，眼读一万”

——读苗得雨《文谈诗话》之一

“笔写一千，眼读一万。”这是苗得雨老 1980 年 11 月 23 日在《再谈写书者要读书》一文的两句警言绝句。在这之前，1959 年 4 月 19 日，他曾写过一篇《写书者要读书》，从内容上看，主题和指导思想上是一致的；从时间跨度上看，前后相距 31 年；从深度广度上看，后者是对前者的补充和深化，是一种余意未尽。写书者要读书，看起来应该是个不成问题的问题，是甚至一个七岁孩童都应多少知晓的事，何况作家呢？但是苗得雨在 30 年前到 30 年后不仅在他的文中一再强调写书者往往疏忽的、放过的问题，认为我都能写书了，何必还要读书？其实这正是苗得雨的高人之处。他认为“作家是写书的。但要写好书，除了深入生活和加强政治锻炼以外，还要读书。读书不好，书便写不好，不是一个好读者，就不可能是一个好作者。”这话看起来平平常常，其实说的是积累与消费、学生与先生、一桶水与一瓢水的量变关系，实际上有千斤之力。因为他把作家不仅仅定位在写书上，而是定位在写好书上。一个好字定优劣。写书并不难，难的是写出传世之作，扛鼎之作。为达此一目的，他结合自己的长期实践与观察，把读好书才能写好书这一新见解不可忽视的因果关系、实践定论摆在大家面前，供人们去思考去履行，意义是不言自喻的。

我读《写书者要读书》与《再说写书者要读书》，起码感受到了如下几点。

解读了一个误区。苗得雨说："读书是人们间接了解世上各种情况的一个重要渠道和方法，人生包括经历与阅历。"又说："经历不足百年，阅历可超过百年；经历是直接的，阅历是间接的；经历是具体的、有实感的，却是局部的，阅历是广阔的、全面的。读书可使经历得到扩大，得到扩展。"一些写书人包括我自己，之所以书读得不广、不博、不深，就是误把生活经历当作生活阅历，认为自己那点观察、那点积累已够写一阵子了，用不着再去三更起、五更睡的费心费力费脑地去读死书，死读书了。于是乎就坐井观天，夜郎自大，而读书恰恰能够弥补经历的局限，开阔视野，以达到钻进去，跳出来，收到"秀才不出门，便知天下事"的效果。

避免了不该有的重复。应该说写书者大都是比常人更刻苦、更努力，更富有创造性的。可为什么绞尽脑汁，费尽心思，拧筋扒力地以为能够一语中的、一鸣惊人的东西，拿出来一看，人家在多年前，甚至千年之前早就写过了，这就是重复。怎样避免这种现象，苗得雨在书中说："别人的经验，前人的经验，已成为人类基础文明的东西，可以接受过来，这样就可避免一切从头来。"又说，"别人的经验，前人的经验，靠什么接受过来，这就是读书。"由此不难看出，读书是一种跨越前人，站在前人的肩膀上演绎新的光荣的一本万利的事，是"磨刀不误砍柴工"，"工欲善其事，必先利其器"，说的就是这个道理。

重申了一条真理。古人云"行万里路，读万卷书。"又说"读书破万卷，下笔如有神。"他不仅引用了杜甫、李白，也引用了郭沫若、茅盾这些著作之匠、读书楷模，指出"如果缺乏丰富的知识，而要写出无愧于社会主义时代的作品，是不可能的。不首先向古代学习，而要写出超出古代艺术水平的作品，也是不可能的。"这一铁的事实和真理，让人读了心中感到震动。

指明了一条道路。说到读书与写书的关系，苗得雨说："一读二写。"又说"读与写，时间为十比一，笔写一千，眼读一万。"特别是后边这八个字是苗老几十年对读书与写书关系的一种积淀和提炼，形象动人，更可操作，虽不能包治百病,但治一瓶子不满,半瓶子晃荡,不等扎翅就要飞,好高骛远,实在是一剂良药。我准备高价买下,治一治自己在知识上的浅薄病。同样,对有志于写书、写好书的人也是很值得思考一番的。须知,只有坐得住,读进去,跳出来,加上自己的独创才会飞起来。相信一位哲人的话"读书好,大有益,"也相信苗得雨"笔写一千,眼读一万"的提示和灼见。作为一个有志者是否会事竟成,不妨试试看。

2008 年 7 月 8 日 8:30～10:25

“借”字当头，“溶”在其中

——读《苗得雨散文五集》(借民歌体，溶新诗意)

在谈到诗歌道路时，往往出现两种倾向。一种是复古，一切以古体诗为最，凡不合者，都打入另册。另一种倾向是以新诗为高，对咬文嚼字者嗤之以鼻，其实这两种倾向都不可取。可取的态度应该是“我是一个两面派，新诗旧诗我都爱，旧诗不厌百回读，新诗洪流声澎湃。”这是臧克家先生对待新诗旧诗的态度，也是正确的态度。而苗得雨先生的态度也是“我喜欢古诗，但写作，不专攻古体，即今人所说的旧体诗。”一个喜欢就说出了苗得雨对古体诗的态度，一个不专攻则道出了自己的写诗道路。应该说二者的认同是一致的。其实追根溯源都可看出二人都喜欢古诗，但都是靠新诗成名的。所不同的是苗老对取古采新进行了一些研究、探索，几十年来对中国古体诗，“杂字体”“戏曲唱词体”“谣谚体”“小调体”诸如“打花棍调”“秧歌调”“凤阳花鼓调”“反磨擦调”进行多方面的研究和运用，并提出了“我有意借歌谣体，溶新诗意，写进点让人品味的情趣句。这一‘借’一‘溶’，古板就不古板了。”这一借一溶，不仅道出了诗人对古体诗的态度，而且“这也是今天旧体诗写作的一条路子。”诗人对此虽然没有十分肯定，但却让我们读出一条真理，这就是创新是诗歌继承的终极目标。而怎样创新呢？这就是一“借”一“溶”。只要借字当头，那溶字也就在其中了，而创新呢，也就呼之欲出，紧随其后了。为达此目的，我想就这一“借”，一“溶”谈谈自己的认识。

首先借是一种尊古，一种师古，是诗人对古体诗的一种敬畏。多年以来，人们对古体诗顶礼膜拜，趋之若鹜，自然有它的不可替代性。然而人类发展的规律是承前启后，继往开来，就像虽是一条河却流的不是同样的水一样。一切的模式、形体不可能是天不变，道亦不变的。因此，人们要进入一个新世纪、新领域，首先要对先人有一种尊敬，一种学习，也就是苗老说的借。任何人、任何事都是有发生、发展、变化过程的，不能割断历史，否定一切。在这里，我们首先把苗老的借理解为尊古或叫师古。

其次就说到溶了。这个溶在这里我们可以理解为对古体诗的理解、消化、吸收，慢慢有了一种浸润，有了一种新旧的溶合，逐渐达到一种你中有我，我中有你，须臾不可分的程度。这个溶字写起来简单，但真正达到那个溶，也可要流血、流泪，是一个漫长的过程，经过了这种磨难，那古就要发生裂变，就要有一个新的生命、新的事物诞生，这就是我们要说的创新。

苗主席的这篇文章题目就叫《借民歌体，溶新诗意》，开宗明义，就是说的要借用古人、古诗的成功经验和理论，去创造一种新的形式或叫写法。而从借到新必须经过一个溶的过程。而通过溶这一生活的实践的，艰难的磨合也好，孕育也好，而创造一种应运而生的新东西。而这种新往往打着旧的烙印，让人看到一种转基因的痕迹，虽然脱胎了，但是仍未换骨，仍然打着中华民族的旗帜，有一个共同的家。而正因为有了这种借，这种溶，才让民歌也好，古体诗也罢，有了新的用武之地，以崭新的面貌呈现在世人面前。在这里苗老举了四个成功的范例，从李一咏诗例中我们品出了那个“得意”，从《题张永健》中我们领略了那个形象。“新文学到乡诗协，青青藤上青青叶。永健上下洒汗水，大果小果皆丰硕。君逾七旬不显老，王慧身边弥勒佛。八方赞歌纷飞来，歌中擎我心一颗。”虽然仅仅有八句，按形式应属律诗，但读来又像歌谣，韵味律味都从那“青青藤上青青叶”溢出，落在汗水上幻化成“大果小果皆丰硕”，让人在情趣中体味了抑扬顿挫，不觉叫好。诗例中的“前面谁招手？泰山日观峰。”很有李白的口气。总之，透过这四个诗例，苗老暗示了《借民歌体，溶新诗意》并不是一蹴而就的，必须经历“坎坷走出真学问”，最后才能到达“草根也开大红花”的结果。就是说，你要达到新的高度，走出新路子，创出新成果，首先要解决个认识问题、态度问题，就是师古；运化过程，这就是那个溶字，即不泥古。这是最关键的一环，如果达到古诗溶于新诗中，那就有了飞跃，无数的新诗就会像大珠小珠落玉盘一样，呈现在世人面前，让人们既看到古诗的骄傲，又看到新诗的光荣，这就是《借民歌体，溶新诗意》给我们的昭示。没有继承，便没有创新，没有古诗，便没有新诗。一切后来人，凡致力于诗歌创作的人，不能说必须，起码是应该做好“借”与“溶”这篇大文章。

2013 年 8 月 8 日 5:46～7:45

语言修辞篇

“语言问题并不是个小问题”

——读苗得雨《文谈诗话》之八

“语言问题并不是个小问题”，是苗得雨老《民间艺术源，提炼显神迹》中的一个主要观点或主张。文章虽然是从整个艺术范畴谈起，但对语言的论述却令人深思。

用语言解剖语言，开语言拨乱反正之先河。文章一开头，苗老就说“前几年，‘四人帮’控制文化、舆论阵地，散布了大量的歪理邪说，严重地毒害了诗歌创作。帮风泛滥害诗风，害得诗花不茂盛，脱离生活与群众，读者阵阵怨愤声。”不仅树起一个靶子，其语言也形象拿人。在分析了“四人帮”时期脱离生活与群众。“闭门造车”“套抄”别人的作品，使作品概念化、雷同化，缺乏生活气息，空而长，空而洋，虽有颜色，是纸扎的花，缺乏浓厚泥土香等种种弊端后，苗老又形象贴切地刻画说：“硬照那套‘帮规’干，写出的作品无人看。语言雷同诗味淡，看了这篇知那篇。”与前边的“帮风泛滥害诗风”遥相呼应，层层递进，在不温不火中就把“四人帮”帮风对诗歌的危害钉在了耻辱柱上，让其赤身裸体，既透出了苗老驾驭语言的功力，又使人们看清了语言在文学中的地位作用。

追根溯源，从实践中根治语言弊端。那么怎样才能根治“语言雷同诗味淡，看了这篇知那篇”的紧箍咒，开出一片清新地呢？

“生活是文艺创作的源泉”，一句话把“四人帮”颠倒了的思想路线从根本上颠倒了过来，重新回到了物质第一性，实践检验真理，劳动创造世界，生活孕育艺术的轨道上来，自然而然地找到了艺术的根，更何况构成艺术的语言呢？经过摆事实，讲道理，苗老认为生活中的语言，活在群众口头上的语言并不是个小问题，它关系到为工农兵而创作，为工农兵所利用的动机和目的。是个认识论问题。语言问题关系作品成败便是不言而喻了。

“语言是真正从生活中提炼的”。语言问题既然不是个小问题，那么它是从哪里来的，苗老在指出了“生活是文艺创作的源泉”这个根，摒弃批判了“四人帮”那种脱离生活群众“闭门造车”想当然办事，澄清了源和流的问题以后进一步指出，源的问题解决以后，并不是说有了源就有了艺术，有了源就有了群众语言，还要进一步提炼。所谓提炼也就是去伪存真，去粗取精的再创造，并不是自由主义的照抄照传，比葫芦画瓢。苗老先引用了陈毅元帅的诗和他“民间艺术源，提炼显神迹”的科学论断后，还引用了另一首歌谣“八路来了不害愁，人民交运地流油，地瓜长成葫芦头，五谷丰登十成收”，让人读着顺口、解渴，真有一字千钧之力。无疑这四句诗既是来自于群众，又是经过提炼的。

群众语言从群众中来。语言问题说到底是个群众语言问题，文中苗老为了说明语言问题并不是个小问题，还引用了毛主席关于《反对党八股》关于向群众学习语言和马克思、恩格斯、列宁关于群众语言的种种论述，让人看出领袖既是群众的政治领袖，又是群众语言的领袖，他们时时处处站在群众的立场上为群众谋利益，也用群众的语言阐述问题。可是经过了延安整风，改造我们的学习以后的一些文化人为什么经不住“帮风”的吹拂，一夜之间就唱“帮戏”，刮“帮风”，写“帮文”，几十年的底货几乎丧失殆尽呢？苗老分析说：“我们写诗，往往为创造一些好诗句而费心思”。“而我们的一些作者为什么不愿意学习和运用群众语言？仔细想想还是个思想问题，也就是说，首先在感情上对群众语言是不是喜爱的问题”。在这里苗老为我们指出了两个误区，一是追求浮华而不求简明易懂,二是对群众和群众语言在认知上有距离,其实人们忽视了一点,不管是文学大师也好,政治领袖也罢,他们都是群众语言的大师,语言上不认同群众,就颠倒了谁创造历史的唯物史观,又谈何为工农兵而创作和为工农兵所利用呢?

由此不难看出,苗老提出的"语言问题并不是个小问题"不仅仅批了"四人帮"脱离群众脱离生活的"帮"风,也为有志于文学创作的人指明了一条道路。"民间艺术源,提炼显神迹"。任何时候,任何条件下都不能忽视群众,脱离群众,只有先当人民的学生,才能后当人民的先生。群众语言这个关都过不了,焉谈创作,是我一得。

2008年9月28日8:10~10:20

10月4日又改,10月6日晨又改

此处不言诗，却是写诗处

——读苗得雨 1983 年至 1984 年诗歌

当我拜读苗得雨老 1983 年至 1984 年所写的诗歌时，有一个意外的发现，这就是此处不言诗，却是写诗处的感觉，自己苦苦寻找的苗老写诗秘诀一类的东西一下子在这里捕捉到了。

在这两年的时间里，苗老一共选用了 154 首诗，其中包括天文地理、历史现实、社会、自然。虽不能说是字字珠玑，倒也是异彩纷呈。这些诗严格说来是没有一首反映和体现如何写诗的，而我却发现有三首诗就是说的写诗方法。第一首是《寻找》："何以有寻找二字？是因许多事掺在一起。校对工人检查错字，是因假的和真的排在一起。集市上寻找熟悉的人，是因熟悉的和不熟悉的挤在一起。种庄稼挑选种子，是因秕的和成实的堆在一起。生活里寻找朋友，是因虚伪的和诚挚的混在一起。"这些看来都是些大实话的至理名言，虽然没有一句提到写诗，而我却一下子感到这就是说的写诗，那些长着翅膀的小鸟，闪着阳光的金子，散发着臭味的腐败，假如入诗，不是也要去寻找吗？寻找是写诗的基础，没有寻找便没有诗。顺着这个方向继续往下研读，在 523 页《捆庄稼的艺术》中我又意外地发现"成熟的庄稼一株一株，割下来捆成一束一束，捆绑是一门工作艺术，归纳，条理，编组。好像乱发梳成小辫，不能头顶麻秧一簇，线应有经有纬，不能无头绪，无横竖。"还未读完，我便拍案叫绝，这不是叫人酝酿主题，确定取舍吗。再往下看在《登高赋》中诗人又说：“欲望远惟有登高，登高可使大变小，感情在云下奔腾，思考在云上欢笑……我懂得了由于登高，使大与小的位置对调，是小心胸的开阔而使眼界宽，是大事物的缩小而现全貌……”一下子就把寻找来的素材，放在一定的高度上捆绑，这就有了诗的品位和高度。再好的素材，不站在一定的高度去捆绑，那么寻找来的东西就会是一团乱麻，一盘散沙。捆绑也会杂乱无章，不是大材小用，便是小题大做。而把这种寻找与捆绑放在一定的高度境界来审视、取舍，才能沙里掏金，物有所值，各得其所，去其糟粕，取其精华，取到真经，找到真神。顺着这种理解和认识，我发现苗老在生活方面写出了《生活，像你炒的菜》《立体交道口的启示》；在自然方面写出了《蟹爪兰》《迎春花》《春日折花记》；在文学方面写出了《曹公叹》；在哲学方面写出了《灌水纪感》《再写珍贵的》《能否把世界都得到》《在大自然博物馆中》《看拧绳记》；在历史方面写出了《题穆陵关》《鲁王叹》《郑国遗址记》《韩信岭》《赞齐桓公识管仲》《胶东国都城遗址记》《在敦煌莫高窟》《古都论古》等等。在《行路记趣》中只有四句，《实话诗谣》七首中有的只有两句，而《写在山旺化石发掘处》6 首 166 行，这种有话则长，无话则短，看到了诗人捆绑诗歌的艺术。而在《琅琊台记》“人生总筑台，不筑炫目花花台，不筑人情欠债台，还有一台也不筑，高高楼台下不来。”《千头菊》中“花儿不尽一时发，年年月月满枝丫”；《柿林》中“像每粒稻谷怀抱芽胚，丰收要留下火种。”《忘却篇》中“种庄稼，收获不全做种子，写小说，不包罗每个故事”，到《垦土小记》中“腐烂了，倒好，腐烂了，大地才有生机……”这些看似天然，实则都有警人醒世、力拨千钧的威力，不自觉中让人发现写诗的规律，这便是寻找、捆绑、登高，逐渐达到“比如说长篇怎样使人不感觉到长，短篇又怎样不使人觉的短。”“愿作品都像樱花，当然不是美在一时。”“诗不要避奇险，诗中应有华山”，“是书就要持久壮观，是书就要传得久远。”这么一种高度，这么一种境界也就把诗的秘诀呈现了出来。一言蔽之，可谓汝果欲学诗，功夫在诗外。

2006 年 8 月 19 日 7:00～9:00

画龙点睛看发挥

——读苗得雨《文坛诗话》之三

画龙点睛，一直是文人墨客追求的，也是吸引读者的聚光点、闪光点，既反映了诗歌作品的深度，也反映文学作品的高度，因而是作者和读者共同关注的命题。那么怎样才能使自己的作品既有画龙之功又有点睛之妙呢？我在苗得雨老《文坛诗话》中的《在景物背后》《关于发挥》两篇文章中发现了能使诗歌等文学作品进入画龙点睛佳境的渠道。

苗老《在景物背后》一文中写道："文学家描写景物，常常是'醉翁之意不在酒'的。写的是那景物，又不仅仅是那景物。有的借物抒情，有的以物拟人，有的以物表意，有的以此物喻彼物，很少有为写物而写物的。"在《关于发挥》一文中也是上来就说"诗歌的内容，有的是大事物，有的是小事物，有的是大场面，有的是小场面。要是写得好，大场面，不见得空泛；小场面，不见得狭窄。"我认为这就是发挥，它起码告诉我们两点，发挥可以以此物喻彼物，发挥可以使小中见大，又可以运筹帷幄，纵横驰骋，决胜千里，使诗歌不因一物而显孤，也不因写一小事而显寡，它可以使诗歌插上翅膀飞起来、荡起来，这就是发挥之妙。

苗得雨在分析了发挥能使"大场面，不见得空泛；小场面，不见得狭窄"这些看似自然，却包含神韵的创作理念后，笔锋一转，告诉我们"所谓'做文章'之

‘做’，‘创作’之‘创’，其一就指发挥。发挥自具体事物之中，发挥到具体事物之外。所谓‘做文章要巧’，这个‘巧’之一也指发挥。”读这段文字起码能使人明白三点，一是发挥自具体事物之中，二是发挥到具体事物之外，三是要有融会贯通的奇笔妙语。为了说明发挥的独到妙用，苗得雨在文中举了“亲娘坟上一颗谷，看来看去老想哭；后娘坟上一颗稻，看来看去老想笑”作例。谷和稻本都是一种植物，可是经作者联想到娘后又发挥到哭笑，这就是本来简单的一小事物有了立场，有了爱憎，既让人们忍俊不禁，又让人们不寒而栗。小小的一颗谷、一颗稻，竟淋漓尽致地让人们看到了亲娘、后娘在子女心中截然不同的形象和份量，不能不使人震撼和畏惧，这就是发挥的力量。苗老又例举了白居易《凶宅诗》中的“人凶非宅凶”这一事例，让人读了有刮骨疗毒之痛快。

苗得雨在言简意赅地告诉我们从哪里发挥之后，又顺乎自然地用了“然后道出某种意思。”“最后画龙点睛似的勾上那么几句。于是前面事物骤然升高，读者读到此处，不得不掩卷沉思、回味。这个地方，就是发挥，作品的主题也往往在这种场合下显露出来。”我觉得这段话是对发挥的一种界定。其一必须道出某种意思，意思即主题，赞成什么，反对什么，提倡什么，抑制什么；再一个是骤然升高，有一种飞机起飞，飞流直下三千尺，疑是银河落九天那么一种痛快淋漓，一览众山小那么一种高度和气势。不能越写越松，有气无力。最后使作者的主旨用意慢慢显露出来，给人一种“忽如一夜春风来，千树万树梨花开”的欣喜，真正达到“醉翁之意不在酒”之目的。体现“兴发于此，义归于彼”这个主旨。这就基本达到了画龙点睛的目标。由此不难看出，欲达画龙点睛之佳境，必先练好借题发挥这一功。舍此龙也画不好，何处能点睛？这是我读苗老《文坛诗话》的又一感受，“至于会不会发挥，发挥的好不好，当然还得要看作者有没有高度的政治敏感性和丰富的生活经验而定。”则是我们懂发挥，会发挥，发挥好的一项长功，一项基本功，万万不可粗心大意，“师傅领进门，学艺在个人”也是指的悟性和发挥。

2008 年 8 月 13 日 5:45～7:26，构思一月有余

极品常在“四炼”后

——读苗得雨《文谈诗话》之五

追求诗歌的完美极致，应该说是诗歌作者的共同目标。然而怎样使自己的诗作成为顶尖，成为极品，这是许多人至今没有搞明白的一个难题。当我读到苗得雨《文谈诗话》中“四‘炼’”这篇短文时，眼睛竟然一亮，仿佛找到了答案，捕捉到了方向。

文章一开头，苗得雨就用“古代诗人常说：炼句不如炼字，炼字不如炼意，炼意不如炼格”。这就把“四炼”的顺序轻重一下子摆在了读者面前。一个炼句不如炼字，就把字在诗歌中的基础地位点了出来，只要字上有了功夫，那词就会像变戏法一样召之即来，挥之即去，运用自如。“炼字不如炼意，炼意不如炼格”两句又把炼意和炼格在四炼中的突出地位、重要性突出出来。告诉人们，在“四炼”中，虽然字词意格都拥有互相不能替代、缺一不可的独特性，但是四者相较，意和格又在四者之间起着主导作用、引领作用、标志作用。顾名思义，意就是主题诗的主脑，格指的是雅俗，是阳春白雪还是下里巴人，自然也包括写作风格。为了进一步说明“四炼”在诗歌创作中的地位作用，苗得雨接下来又说：“在艺术创作当中，最重要的是思想的锤炼，艺术风格的锤炼。”把重点直截了当地点了出来。他还引用《诗人玉屑》上说：“诗以意为主，文词次之；意深义高,虽文词平易,自是奇作"这一古人约定俗成的评诗标准,让我们从这短短的几句话中把握功夫应下在哪里,注意克服和防止追求词藻华丽,而忽视主题,追求表而不注重里的不良倾向,给人以警醒作用。

说到"四炼"。苗得雨说:"这'四炼'都不容易,其中炼意、炼格,尤其不容易。"并对"有人常常把重要当作不重要,把不容易当作容易。"追求华丽词藻而导致"理不胜,词有余"的现象进行了分析和规劝。一个"理不胜,词有余"道尽了顾此失彼,拣了芝麻丢了西瓜,抓不住重点和核心所带来的得失,从而进一步让人们看到了炼意炼格在"四炼"中的核心、领袖地位,并提示人们"我们要在努力炼意、炼格的前提下,注意炼字、炼句。"这就把"四炼"的轻重缓急又点了一下,但并不是说炼字、炼句就不重要了。我认为"四炼"是一盘棋,缺一不可。字都用不好,怎能遣词,可是光有丽词,了无新意,写诗又有何用。因此我们必须全面把握炼字、炼句、炼意、炼格这四项基本功,虽有重点,不可偏颇,只要"四炼"这四个轮子都能情不自禁地转起来,我相信一批传世之作就会不尽长江滚滚来。否则是没有捷径可走的。这就是四个"炼"字道尽诗之秘笈。

2008 年 8 月 29 日 8:00～9:30

叮咚作响韵当家

——读苗得雨1993年至1998年诗歌

苗得雨这80首诗中，要说最吸引我，最让人眼睛一亮的还是那一韵到底的25首整齐划一、规范有序的押韵诗。

诗可以押韵，也可以不押韵，可咏、可诵、可歌、可泣，只要能传达一种信息，展示一种境界，便是好诗。苗老的诗大都押韵，但不要求整齐划一。苗老一下子用五字、四字、七字一韵到底，喷珠吐玉般地一连写出了25首押韵、整齐划一的诗，形象逼真，朗朗上口，让人感到有一种翻越夹金山，意外会亲人的感觉，读这些诗让人感到是一种享受。一韵到底的诗是诗，不押韵的诗也是诗，为什么会给读者如此巨大的冲击呢？我认为这里边有诸多因素，但主要的有这么几条我感受特深：

一、顺口。顺口是苗老诗歌中一以贯之的特色，但这些字数整齐韵脚统一的诗是顺口中的顺口，让人读着如夏天里吃西瓜，冬天里喝稀饭，稀溜稀溜的凉热适宜。你看苗老在写香港《那里有条界线街》，从签约界限到突破界限时是这样写的“欲望是个伸缩物，最有限也最无限，膨胀起来贪无止，豁无底时深似渊。权欲利欲同是欲，贪占之时害已潜，欠有偿时借有还，请望街名思几番”。限、渊、潜、番，有高有低，让人读着有叮咚之声，错落有致，读着读着便有一种不由自主地要读出来、唱出来的冲动。在这种不由自主中，人们体味诗的意境，吸纳教化，由浅入深，其作用那就可想而知了。

二、易记。凡诗人写诗，古也好，今也罢，写诗的目的，无非是沟通感情、品味生活、警世醒人、展望未来、功在当今、利在万代。但是要达到此目的，诗歌就要顺口，易记，这应该是基本的要求，也是诗人写诗前就必须想到的。古人的诗，如“床前明月光，疑是地上霜。举头望明月，低头思故乡。”，“春眠不觉晓，处处闻啼鸟。夜来风雨声，花落知多少。”，要讲简单，用当今一些诗人来看，是再简单不过的了。但这些诗顺口、易记，有节奏感，所以几千年而不衰。而如今一些号称诗人的人，写的诗，有几首能够被人记住？而苗老的这 25 首诗就具备这种风格。例如他写的《沂蒙山好》全诗 116 行，五字一句，一韵到底，几乎把沂蒙山的好人好事好山好水写了个遍，但读起来却不觉长，这就是上口易记，人们可以打着拍子读，也可以拉着风箱念(当然现在不用风箱了)，既可当快板说，也可当歌谣唱，循环往复几次，不能说全背下来，但记个大概一般人不难做到。权用《娘家里的喜日子 — 贺大众日报 55 岁生日》为例。苗老这首诗 7 字一句，48 行一韵到底。你看他写新闻与文学“仍在一条战线上，都是笔下走兵马，宣传之中有艺术，新闻文艺两枝花。”在反对新闻文学脱离现实时，用了“一锅稀饭没个豆，半地秧蔓不见瓜，让人心迷又眼花，连声叹气说气煞”这 4 句诗几乎就是老百姓的话，你说人们读着能不亲？亲了就有感，有感就记住。诗人写诗让人记不住，意境再好，功效也会折扣一半，不能不戒。

三、传世。诗人写诗虽是激情所致，却不是心血来潮。应该说是项庄舞剑，意在沛公。写诗是手段，传世才是目的。一般来讲，写诗的人一开始是一种个人感受，但拿到社会上就是一种文化产品，一旦被社会所接受，大都会通过口授、书报、刊物以及网络媒体等传世，源远流长，劝人醒世。如果没有这种动机和高度，诗人的眼光就会受到质疑。古人云，不能流传百世，也要遗臭万年。遗臭万年虽说不可取，但说明它还有被利用的价值，这就对诗人提出了时代要求。那就是“位卑未敢忘忧国”，我不敢说苗老的诗能流传多少，但在他那个时代成长起来的诗人中，我认为应是佼佼者。读他的诗就会找到答案，这就是大众的立场、为大众的诗，群众的语言、群众的用语。要讲顺口、易记，在他还是“孩子诗人”时，便是以这种根底和面目出现的。可以说是六十余年初衷不改，假如不信你看他写的《虎年虎谣》，在武松打虎的地方是“他们却说虎不怕，而今只怕人间狼”，《赠酒鬼诗》在写酒鬼和造假者时说“水本是一贵，掺假即污秽”“那真要鬼者，说鬼还忌讳”，短短6句话，入木乎，入骨乎！在写《还有何物没有假》时，警察都有假，让人悚然，在《形象》一诗中诗人写到“谋私不在多，一次就砸锅，背上尽蜂窝。”“形象硬树树不起，身斜哪能影儿直，威信不扫自落地。”活脱脱勾勒出了谋私者、造假者、虚伪者的嘴脸。

读苗老的诗半年有余，对诗歌的韵有些疏忽，今有此感，善莫大焉。

2006年9月30日 7:00～9:30

文学借鉴有讲究

——读苗得雨《文谈诗话新编》之四

当我读到苗得雨《文谈诗话新编》中《学习借鉴与诗》《与外国朋友谈诗》两篇文章时，眼睛一亮，为之倾倒。文章之所以打动我，拽着我一遍一遍看下去，主要是诗人给了我们如下启示。

借鉴是文学创作的客观要求。没有哪一位大家、巨匠敢拍胸脯说是天赋智慧，生而有之的。要不就不会“有状元徒弟，没有状元师傅”之说了。但是好多人对借鉴一事不是讳莫如深，就是羞于启齿，好像承认了借鉴，自己的作品就不是独创，或者说减弱作品的光芒。但是苗得雨不仅说了，还是在外国人面前说的。“从事文学创作的人，要了解生活，要开阔视野，要丰富知识，他只有对世界生活有所感，才有所思，才有所表达，世界和生活感染了他，他便有可能写出感染人的作品。古今作家都是在广泛了解生活。”这就是要告诉读者，借鉴世界和了解生活不是一个人愿意不愿意、承认不承认的问题，而是一种客观要求，没有捷径，既无天桥，也无神路。

创造是借鉴的根本。作者在讲述了中国李白、杜甫两位诗圣借鉴生活，和艺术与世界的关系以后，笔锋一转，说“我们来学习，是为了吸收有益的营养化为自己的血肉，创造我们自己的作品，采众家之花酿自己的蜜，不是采了人家的花插到瓶里当自己的花欣赏。”注意“化为自己的血肉”一个“化”字，一个“血肉”，就把借鉴的目的形象推出，入木三分，活灵活现，让人过目不忘。一个“创造”又有画龙点睛之感。

纵继承横学习是最好的方式。承认借鉴从字面上、实践上来看还是好理解，但怎样借鉴却就有点“师傅领进门，学艺在各人”“会看的看门道，不会看的看热闹”的高低之分，经纬之分了。苗老在理性客观地分析了我国文学史上曾存在过的要不关门，要不照搬的两种现象后，独到地说：“历史总是在一纵一横中发展。纵是继承传统，横是向外国学习。”这一纵一横二字回答了两个不可含糊的命题和概念。先说纵是继承传统，那就不是月亮都是外国的圆，避免了崇洋媚外，妄自菲薄，横就是学习外国，又克服了夜郎自大，盲目排外，取二者之长，从而创造出一代又一代的新作品。苗老又说：“古今文坛现象的一个普遍道理：就是一切有成就的作家诗人都离不开人民，都不能离开脚下的土地，都不能离开对传统的继承和对外来影响的吸收与借鉴。”前边一纵一横，后边“四个都不能”就天衣无缝地形成了竖到底，横到边的一个圆，这就是怎样借鉴。

师古而不泥古的文学大道。前边苗老从为什么要借鉴，借鉴什么，层层剥皮，循序渐进回答了文学界一些理性的问题，但是怎样能够借鉴好，采众人之花，酿独家之蜜。苗老又从自己的人生体验，告诉同道：“为了自己不落后于时代，我这些年为自己作了四个‘不一样’的要求：一是不要老写一样的题材；二是不要老运用一种形式；三是不要老跑一个地方；四不要老读一类的书。就是说写作的题材面广一些，运用的样式种类多一些，了解生活的面宽一些，读的书博一些。这样才能使自己多吸收，多充实，使思想与艺术常新，以适应读者多样而常新的爱好与需求。”这就把怎样借鉴出成果这个命题进一步具体与细化。为保证这一目标的实现，苗老又在《与外国朋友谈诗》中提出了离不开的三条“一是生活，二是民族，三是个人特点”。这就把借鉴与创新放在了一个更科学、更具体，更现实、更理性的艺术花园里，让人一点一点地看清了借鉴与创新的人间正道，多角度多层次地回答了借鉴与创新中的一些认识不清、回答不明的理论问题和现实问题。

2008年5月13日8:00～10:15

一个“特”字定乾坤

——读《苗得雨文谈诗话新编》之一

《文谈诗话》是1961年苗得雨就文学规律作的一些探讨的书，当时在山东，乃至全国引起较强反响，也是这本书让他受了十几年的批判。37年后我有幸读到了以《文谈诗话》《文谈诗话》增订本和《赏诗谈艺》之后的《苗得雨文谈诗话新编》，从中发现了一些东西，感受到了一些东西，受到了一些触动和启发。在这里我想就我所感所思谈一些体会，就教于各位。

《文谈诗话新编》是一本评论性，启迪性，指导性的文学纵论，这是苗得雨用马列主义的文学思想，毛泽东在延安文艺座谈会上的讲话为根据，以几十年诗文创作实践为准绳，对当时诗歌散文等文学体裁进行的一些理论探讨和评点，多了不说，先说说我对《应是多姿多彩》《越有特点越好》《有自己的特点便有自己的高度》《一个“化”字很重要》这四篇文章给我的启示。我用一个“特”字定乾坤来说明苗得雨《文谈诗话新编》在这四篇里所阐述的文学观点。

特点决定地位。在《越有特点越好》一文中，苗得雨用摹仿异国情调的《庐山恋》出不了国和地道的“土货”《喜盈门》在国外大受欢迎”，一反一正两个事例作由头，作出了“历来的经验都证明，文艺是这样一种东西：越有个人风格，越为大众所欢迎；越有地方特点，越在全国站得住脚；越有民族特点，越在国际上有地位。”的评价言语不多，就把确定文学地位的标尺亮了出来，并结论性地说“电影是这样，其他文艺样式这样，诗也是这样”，一下子就给人一种指点迷津，激浊扬清之感。

特点决定胜负。一种文学作品能不能在大庭广众面前站得住，能出彩，关键是“每个作者的诗，应当像作者的不同性格，各人的诗姓各人的姓。”也就是说文如其人，打上自己的烙印，既不能追风，也不能摹仿，才能自然而然地以自己独有的特点取胜的，又把文学特点的重要性进行了细化。

特点决定高度。这一观点好像是苗得雨在《越有特点越好》一文的一种延伸与深化，借河北诗人刘章的作品研讨会做了一个自然的补充。文章并没有过多地去例举刘章的诗，而从他的“燕山味”“各个不同”中发现刘章“走出了他的特点，以他的特点走出来。”一个“走出了，”一个“走出来”言语不多，评价却是蛮高的，就因为这个“走出了”“走出来，”刘章走出了地道的中国风格，从而让诗评家得出了“有自己的特点便有自己的高度”这一结论性的认识，真可谓慧眼识英雄。

特点超越时空。在文中，苗得雨还就特点问题就文学现象与科学现象这两个不同的属性进行了独到的分析，他认为科学是受时空限制的，今天的先进就是明天的落后，而文学却不是这样的，“只要真正按文艺规律创造出的产品，就会有久远的生命力，”并石破天惊地提出了“这生命力可以超越时间，也可以超越空间（国度）”的结论，这一结论到现在已十几年了，仍然不能不让人佩服。为了论述这个问题，诗论还就“历史上就没有第二部《红楼梦》超过《红楼梦》”作证，给了一些狂人、痴人重重的一击，也引导文学同道去创造跨越时空的作品，自然而然就提高了创作的目标，这对文学爱好者无异是一种期待和鞭策。

特点化在民族上。诗评家在众多方面对诗歌等进行了一些高屋建瓴的分析，应该说给人们树立了一面旗帜、一个目标。但是怎样才能形成自己的特点，仿佛没有解决船与桥的问题。于是诗评家在“一个‘化’字很重要”一文中作了补充和解答，文章一开头就用了“永远都需要的民族化”开头，在从植物到动物到人的结合转化中，告诉世人"一切自然界的劳动和人间的劳动，都贵一个'化'字，就怕不'化'或只'合'不化。""作者的创作，也是一种化"，这就是告诉人们，特点从哪里来，不是从天上掉下来的，要立足于本民族，在继承的基础上求发展，通过吸收消化进行再创造，生出一既有父母血脉又不完全像父母的孩子，从而达到推陈出新，长江后浪超前浪的文学新潮、世界新潮。

读苗得雨这四篇文章不仅使我认识到文学只有特点才能长青、传世，一种理论、一种体制都要有自己的特点，才能被人们当旗帜，山沟里的马列主义——毛泽东思想，就是把马列主义与中国具体实践相结合的产物，深深地打上中华民族的烙印因而新生和展现了自己的特色，于是便无往而不胜了。邓小平的中国特色社会主义理论也是把中国优越的社会制度和资本主义先进的管理经验进行结合转化，于是便孕育产生了中国特色的社会主义。诗评家"世上的一切东西，都是以自己独有的特点取胜的"，"特点即特长"也是一种真理性认识，读来不能不让人解渴。

2008 年 2 月 23 日早

四个“深”字有学问

——读苗得雨《文谈诗话》之九

《作品感人之处》是苗得雨老评价中国著名作家孙犁《碑》的一篇短评，文章虽短，但让人读着有味，不忍放手。文章不仅抓住了孙犁小说“写出了人物的性格，写出了人物的深情，也写出了作者的深情。作品的主题是在这里流露出来。人物都没有一句话，却在行动中表达着深情。”这一带有根脉性、精邃性的艺术特色外，更能使人留连忘返、反复咀嚼的是苗老由此深思、沉淀、提炼出来的“真金采自砂石的深处，真情出自心的深处。作品中深深感人的地方，来自作者对生活的深感。”四句话不多，但它确确实实给人留下了言语不多道理深的印痕，挂在人们的胸口，不容易忘怀。这四个“深”字从小的方面是一个写作的体验，不经意间指出了好文章是从哪里来的，既有比，有兴，又有推理，仿佛给人们画了一幅创作的路线图。从“真金采自砂石的深处，真情出自心的深处”这两个不同的层面和概念却引伸出了一个共同的命题。这就是深。一切的精华的东西都是深藏不露的，而表面的肤浅的东西虽最容易被人发现，却不能经久耐用，往往导致水过地面湿风吹即过。而一切深厚的东西都是需要用心去挖掘的，物质如此，心亦如此，一辈子秘不示人的话往往是人最珍贵的秘密或叫精华。由此苗老又从“作品中深深感人的地方，来自作者对生活的深感”，引伸出艺术的源泉在生活，作品的深度在提炼。这既是一个写作方法、写作技巧问题，又是一个物质第一性和唯物辩证法的认识的理论问题。四个“深”字环环相扣，相互递进，仿佛深水有肥鱼，根深才能叶茂，否则写出来的作品不是浅，就是偏，出现“墙上芦苇头重脚轻根底浅，山间竹笋嘴尖皮厚腹中空”的讨嫌样。因此我敬佩苗老的四个“深”字，把书读深，把文章写深，“使读者感到都涌进了自己心窝的深处”那才叫劲。

诗歌妙在“不直说”
——读苗得雨《文谈诗话》之十一

在说到诗歌的妙处时，苗得雨花费了不少心血，用了不少笔墨。拿出时间来，专门研究此道的文章不少，比较集中的有三篇，一是《“倾向”要“自然流露”》，二是《“不直说”一解》，三是《不要“太直”》。文中“人心要实，火心要虚”，“做人要直，做文章要巧妙。”“戏法人人会变，巧妙各有不同。”“变戏法讲究巧妙，写诗同样讲究巧妙。”言语虽然不多，论述文字也不长，但却把一个妙字往人怀里推，能够让人不忘。

三种论述戒“直”。为了解决“直”与“实”的问题，苗得雨引用了三种论述。先是引用了《诗人玉屑》上的“一曰高不可言高，二曰远不可言远，三曰闲不可言闲，四曰静不可言静，五曰忧不可言忧，六曰喜不可言喜，七曰落不可言落，八曰碎不可言碎，九曰苦不可言苦，十曰乐不可言乐。”短短十句话就把诗歌中的那种妙不可言，描述得玲珑剔透，绘声绘色，让人越嚼越有味。接着，又引用了恩格斯的“我不反对倾向诗本身……可是我认为倾向应当从场面和情节中自然而然的流露出来；同时我认为作家不必要把他所描写的社会冲突和历史的未来的解决办法硬塞给读者。”又说：“作者的见解愈隐蔽对艺术作品来说就愈好。”让人从古到今，从诗歌的一般规律到无产阶级的诗歌观上都能窥见诗歌的妙处而不直说。不仅于此，苗老还引用了一位外国戏剧家的话来强化以上观点。说“你被引进一条曲曲折折计划好的曲径是一件莫大愉快的事情，在那儿你只看见前面的一段路，看不见你的目的地，直到你到达后才发现。”让人们在幽默中体验曲径通幽的妙语，顺乎自然地感觉“胡同里赶驴——直来直往”的弊端，不得不让人感佩苗老为文的妙处。

一个榜样避“直”。苗老高屋建瓴地从诗歌理论的高度论述了诗歌妙在不直说的理论基础，为使其更具实践性、具体性，又在文中为我们树立了一个榜样，他用诗人臧克家的《在毛主席那里做客》中的“消息却像多嘴的鸟儿，霎时间飞遍了半个北京城”和在《晚收工》一诗中“相约明朝齐早起，人同落日同收工”等诗例让人们看到了“多嘴的鸟儿”“人同落日同收工”这些不直说的魅力，更增强了不直说的可操作性及诱惑力震撼性，让人感到有章可循。

一个结论怕“直”。苗得雨老在引经据典，摆事实，讲道理的前提下做出了自己的结论，“写诗最怕一‘直’、二‘实’”。别小看这个“怕”字，这是他半个世纪的写诗体验。一个“怕”字道尽了诗歌中“直”与“实”对诗力的减弱。

一种目标不直说。苗老文中让我们真真切切地感受到诗歌要戒直，诗歌最怕那种奔走呼号和恨铁不成钢的急切心情，那么怎样才能达到《诗人玉屑》中“十不可”中的那种妙不可言呢？苗老说：“不直说，而表达出直说的意思，又产生直说不能产生的效果，这就是诗歌艺术，也是所有文艺的重要特点和手法。”一个不直说，而表达出直说的意思，又产生直说不能产生的效果，既是一种高标准，又是那个妙字的新解，是值得揣摩和效仿的。这就是一个不直道尽诗歌妙处。

诚然，文中苗老也阐述了“写诗并不排斥直说”的观点，但主张写诗不直说，要虚、要玄、不直、不实则是苗老的核心观点。其实为了说明诗歌中的不要“直”不要“实”也不仅仅这三篇文章，应该说在他的诗歌理论中是一以贯之的。在《风格及其他》等文中随处可见诗不直说的影子，由此不难看出苗老在追求诗歌中的那种妙言、妙语、妙境所花费的心力。

2008 年 11 月 8 日 8:00～10:25

20:20 又改

比喻使诗歌活起来

——试说苗得雨《贝壳谣》中的比喻妙用

苗得雨的诗歌，对比喻的运用，似乎处处可见，这在苗得雨六十年诗选中的第一首诗《陈老三》中就给我留下的印象，在此后的诗中也是俯拾即是的。但那还都是零星运用的。当我读到《贝壳谣》这首诗时，却被深深地吸引了，全诗共24行，比喻使用了14句，使我不得不反复捧读，进而又萌发了就这一首诗写点感想的意念。

我之所以被一首短短的《贝壳谣》所吸引，所牵动，主要是诗中的比喻太形象，太贴切，太逼真，几乎到了非此句莫属的地步。不信你看："参观贝壳厂，也见大世面，贝壳种类多，许多未曾见。有像小白勺，有像五彩扇，有像木鱼鼓，有像翠瓜片。有像金铜碗，有像银玉盘，有像小宝塔，有像小木船。有像鸟儿卧，有像绿翅展，有像猫耳竖，有像罗盘旋。有的花纹密，有的生彩斑，可都懂艺术？有趣又美观……"24句用了14个比喻，14个比喻勺、扇、鼓、片、碗、盘、塔、船、鸟、翅、猫耳、罗盘，不用叙述、铺垫，句句不同，各自成形，呼之欲出，活了起来，一个个呈现在你的面前，不能说异彩纷呈，起码也是争奇斗艳，用栩栩如生恐怕也会得到大家的认可。

苗得雨的比喻为什么能够信手拈来，如珠落玉盘？我认为是他非常热爱生活，观察生活，研究生活所致。用苗得雨的话说就是“多彩因有缘”，何为缘？缘便是相识，相知，相交，一见钟情，相互欣赏，顺眼，没有这种缘，便没有比喻。基于此，比喻来源于生活，非有缘分则不能。

学比喻、用比喻非一朝一夕所能为，必须铺下身子，到生活中去发现比喻，提炼比喻，才能够不由自主地运用比喻。没有生活是没有比喻的，所以学苗老的比喻必须先学苗老深入生活，善于观察，注意提炼，恰当运用。

2006年7月19日7:50～9:20

看似随意却深沉

——读苗得雨《想起母亲心里酸酸的》

记得是在中学时期，读过朱德元帅《母亲的回忆》，给我留下了终生不灭的印象。其间还读过一篇《清明祭母》也是让人肝肠寸断的。但是当我拜读苗得雨散文二集中《想起母亲心里酸酸的》一文时，却感到异常沉重，我感到他不仅仅写的是他的母亲，而是写出了那个时候的母亲一些共有的东西，这就是忍辱负重撑起一个家，妻离子散盼望一个团聚的家，国泰民安后为子孙后代守住一个家。我能理解这位母亲心中的苦、心中的甜，并从这位母亲身上看到了中国为什么历经磨难而不衰，就是因为有千千万万的母亲，像苗母一样，苦在心里，仍能从容应对，慢慢的熬，慢慢的盼，只要心中有爱，就没有过不去的火焰山。

苗老表面上看是信手拈来，随意为之的，我却能感到是诗人满怀着心中的苦，在回忆母亲的苦。虽然没有撕心裂肺的激烈，没有催人泪下的悲伤，然而当你细细咀嚼，文章的写法有许多让人思考和值得借鉴的地方。

喧宾不夺主。苗老这篇忆母文，主题是写母亲，但涉及到了三姑姥爷家、二姨、祖母、父亲、诗人、妻子儿女，若不细品，似有喧宾夺主的疑惑，但你若一遍一遍读下去，就会感到：如不从此下手，此文就无从下笔。例如他写"母亲是我三姑姥爷的外甥女，他管三姑姥爷叫'四舅'，小时走姥娘家成了大时走姑家。"看似随意，实是交待亲上加亲；再往下是写二姨，实是比对母亲；再是写我祖母为人要强，治家严格，是为了既不掩饰对祖母的敬，也不压抑对母亲的爱。后写爱人推磨对诗人的数落、挑水等情节，让人不自觉中有一种感受，仿佛诗人心中有虚实两条线，凡是文中涉及的人，都使母亲的形象在日月中渐渐丰满高大，而又没有刻意为之的痕迹，让人读了更感到亲切自然。这既是实情，也是诗人爱母亲，也爱祖母、家人的写照，恰到好处地处理了，宾高但未夺主，母亲的形象未受影响，看似自然，实是长期为文的功力显现，常人难以想到，也难以驾驭。

写行更重心。一般人写母亲大都侧重于吃苦耐劳，有主见，敢忍受，有主心骨。苗老也这样写了，但他更多的是把笔墨用在了母亲内心的苦上，恰恰是母亲内心的痛苦深深地刺痛了我的心，也让我体味到了这位母亲心中的苦。例如母亲冬夜里给子女唱的"枣木梳，弯又弯，俺娘訏俺九道山。俺上南园去摘椒，望着娘家的柳树梢，担担的，卖线的，也不来了，俺想娘来谁知道"，这种苦闷不在此境，谁能体会到。又如"她和父亲结婚 50 余年，他们相处在一起的时间总共不超过 10 年""开始我家户主是父亲，后来就变成了我"到"人们嘴上不说，在行动上是把母亲当失去丈夫的人对待。"再到"母亲常被人请去当迎媳妇的。她喜泪直流啊！"丈夫参军杳无音讯，忽然失而复得，那种悲从喜来，喜中生悲，再到十二年后的母子团圆，夫妻相见，"母亲从北屋出来，没有哭，也没有说什么，即进锅屋烧水做饭。"没有一个形容词，却让我热泪盈眶。

朴实之中见境界。他不仅仅是写出了母亲不亚于一个老庄户的行，饱受煎熬的心，更写出了母亲与祖母"都是人在家乡，心在四方"那么一种境界。解放后，儿女成群，子孙满堂了。子女们有能力接母亲进城享福了，但她却又舍不得离家，"她们在家守着，守着，也让我们等着""便一个人回家，守着老屋，又守了二十年"，直到"她放心地用力喘了几口气，睡去了……"这就是母亲，家园的支撑者，家园的守望者，那个时代农村妇女的代表。牺牲自己，成全丈夫，成全儿女，在他们身上看不到轰轰烈烈，却撑起了一个家，兴旺了一个家。由此使我想到母亲二字代表着爱，代表着牺牲，代表着奉献，是祖国的化身，没有母亲，便没有祖国。

《想起母亲，心里酸酸的》是苗老散文二集中最沉重的一篇。几次想动笔写点东西，却不知从何写起，万般无奈写了这篇《看似随意却深沉》。言不及义，权作感想而已。

2007 年 5 月 20 日

散文耐读在信笔

——读苗得雨《散文三集》

很长一段时间就想写一篇读苗得雨《散文三集》的感受，可是翻过来覆过去，一直找不着个切入点。偶然读到《信笔记下两位姑娘的名字》一文时，“信笔”二字竟一下跳进我的心里，于是乎捕捉到了一个主题——散文耐读在信笔。

“信笔”二字的确切含义，我说不准确，于是查了一下字典，用信字组词的就有 58 个，其中与信笔有关的有两个：一个是信手，一个是信手拈来，信手是指随意。而信手拈来是随手拿来，多形容写文章时词汇或材料丰实，不必多寻思就能写出来。我所理解的信笔就是后者。我读苗得雨诗歌也好，散文也罢，从头至尾都有一种水到渠成、信笔拈来的感觉，有一种读起来随意、通俗、易懂易记、亲切自然的感觉，读完了掩卷遐思，感到有嚼头耐琢磨，有骨头、有肉，这或许就是腹有诗书气自华那么一种境界，这里边既没有假话、空话、大话，也没有矫揉造作，挖空心思编造新词唬人，更没有教师爷的味道，而是一种作者与读者的平等交流，实话实说，让读者在这种看似信马由缰、信笔拈来的交流中有所感，有所识，有所悟，不知不觉中接受作者的观点。

信笔源于积累。苗得雨的两篇散文为什么能够让人感到有一种信笔拈来的感觉？从书中我们不难发现，诗人作家的文章都是大量素材、丰富资料积累到一定程度，长期积累，偶然得之的一种结局。是一种瓜熟蒂落、水到渠成的自然流露。拿《二妗子》为例。文章一开头，“妗子，也叫舅母。”一下子就把作者与读者拉到了一条起跑线上，让人感到亲切自然。在讲到二舅不让二妗子走，又不好启齿，赌气劈了二妗子的小梳子，二妗子让干部传话，得赔，二舅说好，赔就赔，赔什么？赔三升麦子。三升？五升也行。就要三升……到二妗子走了“带着碎了的心走了。”一下子就抓住了读者的心，没有扎实的材料能写“得赔，三升？五升也行。”这些看似随意却深沉的句子？当五十年后，作家与二舅又谈起二妗子，二舅那“都怨我，都怨我”短短六个字活脱脱刻画出了一个忠厚老实人的形态，再到新二妗子，“人家和他在一起时，他不理人家，人家走了，又想人家！”这些话一句扔出来砸一个坑，读者能不被感动？二妗子一文虽短，但句句扎实，让人心颤。再如《有客从乡中来》一文，说到土地，“1946 年我村‘土改’时，人均耕地是三亩七八分，近问老家人，人均耕地还有一亩二分。全县人均耕地一亩一分九厘。五十年间人均耕地减少了一亩”。为了说明土地对国人的威胁，最后用了一句“我们天天唱国歌，唱那句‘最危险的时候’，要知道那不是空唱。”真让人不由自主地为作家的用语所倾倒。

信笔源于理性。苗得雨老的散文之所以耐读，除了源于他掌握大量丰富的资料数据以外，还在于他不是就事论事，堆砌数字，而是以事实为根据，以实践为准绳，进行由表及里，由浅入深，由此及彼的分析研究，从中帮助人们认识真理，消除谬误。在这里咱暂且不说《说‘做贼不打，三年自招’》中的“穷人乍富，腆腰凸肚。”单就《‘兜隐私’三析》一文为例。为什么有些人美丑不分，猪八戒照镜子——自觉其美？主要是“利”的驱使；好奇者的支持，当事人认为怕麻烦了。作家经过一番分析断然说“我敢绝对地讲，喝彩的不一定不在心里骂，说一通‘美美美’的，不一定不也在心里想：‘不正经，什么国度，什么朝代都是不正经！’”这就不仅告诉了读者是什么，而且回答了为什么，这样的文章能没人读？

信笔源于境界。所谓境界，我认为就是无私。无私才能无畏，读苗得雨散文使我从头到尾仿佛有一种无话不可对人言的感觉，在这么一种状态下，出来的文字就没有扭扭捏捏，欲言又止，半吐半露，而是一种一览无余，一目了然。这种例子应该说是贯穿全书的，先不去说在国外经营者“把顾客当作有价值的资产对待”，也不去说《五千万光棍的忧思》，单就《多给世人留下点什么》一文中那“心窄天地小”，那“如果每天没有对奥妙的探索，对完美的创造，对真理的追求，如果连续不断地过着这样的日子，便是人生的毁灭。”《曾作‘批判参考’的名人言》中“一个艺术家最重要的是不能虚伪，自己虚伪了便不能感觉人生，体验这个时代……现实主义一个基本问题是反映社会。真实最重要的是人。”这些话虽不全是作家的，但是他推崇赞赏的，应该说也反映了作家内心世界。正因为有了这种境界，一批如《月儿弯弯影影儿长》等让人读着可信可亲有滋有味的散文就应运而生了。

2007 年 11 月 3 日

诗歌要简短，拳头当攥紧

——读苗得雨《文谈诗话》之四

要说诗歌有力无力，也不见得非要短，但是“简短与有力往往相连”却是真理。这是苗得雨《文谈诗话》中《诗歌语言的简短》中的开场白。

无庸讳言，写诗就是为了传世、警世劝进的，正因为中国古典诗词的短小精悍，上口、顺口、耐读、耐看而风靡于世，也以它独特的魅力赢得了万口传，至今仍经久不衰，影响着中国，传播在世界，被封为文学样式的极品。而这些诗大都是四言、五言、七言罢了。但不知何时何代，人们不自觉中有意无意地拉长了诗歌的行数，认为长诗、长文方显出驾驭文字的能力，而忽视了文字的最高要求是传播，流世，从而以讹传讹，误入歧途。而在上世纪六十年代苗得雨就用《诗歌语言的简短》《从画眼睛说起》等多篇文章中提倡诗歌语言的简短，不仅如此，他整个的《文谈诗话》也可以说是语言简短的缩影。例如《作者的精心安排》《兴来笔力千斤重》《深水有肥鱼》这些文论也都在百字左右，而《画的虾比买的贵》一文连标点只有 97 个字，不能不让人叹服。

那么怎样才能把诗歌的语言写得简短又有力呢？苗得雨告诫人们：“能一句说明白问题，就不用两句；用四五字能表达的意思，就不用七八字表达；同是表达一个意思的文字，就选择最准确最生动的用。已经说过的，没有必要再说的，就不再罗嗦；说也行，不说也中，可干脆省略。”这些实实在在的话，虽说得平缓，但不难看出是诗人几十年写诗经历的一种体验和提炼，读来有一种截弯取直的指路作用，言语不多，读来顺畅。是不是懂得了这些意思，诗歌的语言就会简下来，短下来呢？苗得雨又告诉我们几道工序：一是“画人要画好眼睛。”告诉我们抓重点，抓传神之处。二是“不要作生活的翻版，要选择、集中、提炼、加工。”也就是毛主席说的，去伪存真，去粗取精的过程，经过提炼加工最后达到取其精华，去其糟粕的目的。这就是说不能照葫芦画瓢搞自然主义，要吹尽黄沙始到金。三要“抓住与主题有关和能说明问题的东西，好好写，写得好。”注意好好好这三个字，只有好好写，才能写得好。也就是过去老百姓讲的“老三篇”最容易读，真正做到就不容易了，三个好字合一起才能真好。然后还“要反复看：紧要的东西抓住了没有？”反看复看很重要，这是一个自己给自己找毛病的过程，是一个肯定否定的过程，是一个忍痛割爱的过程。在这种反看复看的过程中，最后达到“不删，不减，是累赘”的手术过程，经过这种爱肉也挑刺，才能达到“经过选择、集中和提炼的语言就不能不简短。不简短，往往不能有力。拳头攥得紧了，体积看来小了，但劲头增加了”，就像古人说的，秤砣小压千斤，胡椒小辣人心。正如苗得雨自己说的，诗歌是三行删去两行的艺术。

由此不难看出，诗歌写得简短有力，不仅是技巧，更是境界。因此我赞成诗歌简短有力，并准备朝此奋斗。

2008年8月15日

构思月余

俗语不俗，妙用生花

——读苗得雨散文三集有感

俗语、俚曲、谚语、歇后语在农村，在社会大都是些耳熟能详，碰过来搡过去的话，大到百岁老人，小到七八岁孩童，可以说是妇孺皆知的。然正由于它的广泛性、普遍性，人们往往忽视了它的独特性，看轻了它的份量和价值。但是当我捧读《苗得雨散文》三集时，《老伴的“俗语”》一文却像过去煤油灯上的灯花在我眼前跳了一下，不由自主地读下去，读中还自觉不自觉地生出一种亲切感，还有那么一点点熟头熟脑的回味。顺着这种情趣翻看，在《品读》一文时我又发现苗得雨大量集中地引用了俗语，边读边品，头脑中竟猛地蹦出一个“妙”字，于是便有了俗语不俗，妙用生花这点体会。

说实话，在文中引用俗语、谚语、歇后语，甚至小调、小曲是苗得雨为文的常用手法，对他而言不算新鲜事，然而当他把这些俗语集中起来使用，进行描述的时候，却让读者感到俗语妙用给文章带来的吸引力、持久力、传播力、扩张力、穿透力。

顺口易记。俗语大都是由劳动人民在日常生活中，经过几朝几代的实践、观察，总结出来的，它既带有真实性、普遍性，又带有实用性，是人民的总结，在人民中流传，后来用的多了，就觉的俗了。其实正是由于这种俗，才给了人们一种亲切感，使用起来，顺嘴而出，因而历经沧桑经久不衰。别的不说，就说“腊七腊八，冻煞叫花”这两句吧，这是农村老太太边干着活，边嘟念出来的，说者无心，却让儿孙们记住了节气。还有“不冷带衣裳，不饿带干粮”这都是大人们告诫儿孙们出门时，预见未来，早有防备的关切，与“穷家富路”一样，使远行人防患于未然。这些看似俗得不能再俗的语言，在民间、在社会却能口口相传，祖辈传流，不能不使后人惊叹俗语的生命力。

唯物辩证。乡间俗语除了它顺口易记的特征外，之所以能够有“野火烧不尽，春风吹又生”的生命力，是因为它句句在理，说得人无言以对，达到了向人容易向理难的程度。你看“宁看儿子的腚，不看女婿的脸”。假如从表面上看，从现象上看，女婿的脸再难看，也比儿子的腚好看。然而若从本质看，“孬啥是儿，薄啥是地”，“孩不嫌娘丑，狗不嫌家贫”，“孩是娘的连心肉”来看，儿的腚再难看，由于血缘关系，拾得起放得下，打也打不走，撵也撵不出，可女婿就不行了，不用说打骂，脸一不好看，就可以不上门。告诫人们儿、婿有别，不能一样对待，避免承受力不够，闹矛盾。要不女婿就不会有半子之称了。再如“女大了外向，死了外葬”。这话看起来生硬，却是实理。女儿在跟女婿闹气的时候，很希望娘家人出来撑腰；可是话一说重了，女儿就站到女婿那一边，帮着女婿说话，再也不管她老娘老爹那脸往哪里搁，更不用说姐夫舅子，七大姑、八大姨了。死了外葬是女儿的归宿，也是娘家人的期盼，要不就是作下不是了，死无葬身之地。又如“宁跟要饭的妈，不跟做官的大”（即爹，系方言），这是从母爱上说的，尽管父爱如山，但从十月怀胎，到一朝分娩，从一把屎一把尿，到儿行千里母担忧，儿一直是母亲的连心肉，不管穷富，母子难分离。然而一些爹为了江山社稷，却可以别妻抛子，留下千古骂名。仅从以上三例，就可看出俗语中深含的辩证法。让人看问题要看本质，知深浅、知进退。

一针见血。俗语由于来自实践，来自经验教训，不仅句句有出处，语语都占理，还能有一针见血，入木三分之威。例如“一树之果，有酸有甜；一母之子，有愚有贤”。就说明了一母生百般，老大干国民党，老二干共产党是可以理解的。出身不由己，道路可选择。“易涨易退小溪水，易反易复小人心。”“万两黄金易得，一个知己难求。”“酒逢知己千杯少，话不投机半句多。”“创业百年，败家一天。”“去山中之贼易，去心中之贼难。”“树大招风风损树，人有高名名丧身。”这些发自肺腑，有的放矢，一语中的语言，拿出其中几句就可知俗语的力量。一是“创业百年，败家一天”，自古以来多少仁人志士为江山社稷抛头颅洒热血，可是江山打下了，却保不住。三国时，刘备之子是也，清末溥仪是也，现在的腐败分子是也。历史为什么会这么无情，就是因为旧时王榭堂前燕飞入寻常百姓家。前人栽树，后人乘凉，子卖爷田不心疼就说明了不孝子孙们的心态，也说明了历朝历代先是开明，后是腐败的规律。

入情入理，代代流传。自古文人墨客，诗仙词圣，呕心沥血，披肝沥胆，求稳一个字，拈断十根须。不就是为了警人骇世，劝人上进？然流芳百世者几人？但俗语这来自民间，来自实践的语言却也越来越透露出、展现出不俗，像一颗颗布满天空的星星，闪烁着其光芒。俗语经苗得雨一点拨，放在文中却有了以一当十，以百当千，以千当万之力。使本来很复杂的问题一言半语就说到了骨头，使我们看到了在文中恰当地使用俗语的前景，更让我们看到了俗语不俗，全在妙用的功夫。

2007 年 9 月 23 日

诗不厌改方完美

——读苗得雨《文坛诗话》之六

苗得雨《写诗与改诗》这一短论起码有三点拿人。

提出了一个命题，诗不厌改。对于写诗与改诗的关系，古人早有“草就篇章只等闲，作诗容易改诗难。”“赋诗十首，不若改诗一首”的论断，点出了写诗容易改诗难，“赋诗十首，不若改诗一首”，功夫在改诗上的真谛。然而几千年来，有“求稳一个字，捻断数茎须”的佳话，有诗人贾岛“鸟宿池边树，僧敲月下门”从推到拥、到敲的典范传世，很多人往往注意那个写字，忽视那个改字，以至于出现了不少夹生饭、半成品，留下种种遗憾。有鉴于此，苗得雨提出了诗，“写成初稿，差不多一遍两遍就可，但修改，远非一遍两遍就成。有的恐十遍二十遍不止。经过一改再改，改到最后，有的改掉原稿大部，有的改到一切都须重来的地步。”又断然说“但诗还非改不可。诗不厌改。”一个诗不厌改，道出了苗得雨对写诗与改诗轻重，失败与成功的人生体验，让人看到了苗得雨对写诗与改诗理论的升华与独创，甚至给人一种“厌”字与“敲”字各尽风流的感触。那么，既然对写诗与改诗的关系古人早有定论，为什么今天还有人视而不见，不能更弦改张呢？其实肯定否定再肯定是人类认识事物的规律，写诗亦然。假如写诗那个“写”字是激情是发现，是热血沸腾，那个“改”字便是冷静、沉淀，是理性，一个热字与一个冷字互为因果，没有热哪有冷？由此不难看出诗不厌改是写诗的一个新命题，是一种升华，是写出精品的必由之路。

归纳出了改诗的标准。诗不厌改，改无止境。诗只有改才能十分完美。那么怎样才算完美呢？苗得雨紧接着告诉我们："一曰：无一余字。二曰：深刻自然。三曰：百读不厌。"三句话十二个字，却回答了炼字炼词、炼意炼格，道出了诗歌提升的轨迹。这十二字虽然不多，但要求却极高。深刻自然一般好像容易一些，但"无一余字，百读不厌"却是最难最难的，没有毕生精力，致力于此，仿佛难以实现。但是三曰虽难，却像喜玛拉雅山一样给我们树立了一个标杆、一个目标，登顶者虽只有少数，然总有登上去的时候、登上去的人。这个标准虽高，但给诗人以方向，以追求。人写诗虽不能首首达到三曰的标准，但只要有一句话、一首诗达到这个水平，那就是极品、传世之作。因此苗老的标准虽高，对人仍有号召力、向心力、鼓舞力。

指明了一条诗路，"诗不可强作。""诗不可强作"应该说早就是一条定律，然诗人由于阅历、学识的种种不同，明明不可为之的事情，却要勉为其难，于是就出现了许多不能割舍，许多夜不能寐。苗老在这篇文章中用古人的"诗不可强作""也不可徒作、苟作。"告诫我们在思路不清、意识不明的情况下，不要仓促为之，既不强作，便无徒劳，徒者劳而无功也，苟也一时兴也，勉为其难也，得过且过也。为避免强作、徒作、苟作的出现，就要求我们打好底子练好功，功在哪里？这就是苗老提出的善于观察，善于发现，善于表现，注重基础锻炼，即炼字、炼词、炼意、炼格、发挥、风格等等，把写诗作赋的十八般武艺，通过冷雨热雪、酸甜苦辣、春夏秋冬的发酵、冷却、泡制；再加上那人不敢道之我则道之，人不敢为之我则为之，贵有新蹊径难得蕴义深的独特视觉、独特发现、独特表现和"宁割爱，勿贪多"种种知识、经验技巧的融会贯通，"整个创作，才可以谓之善始善终，谓之'到家'"。用苗老的话是"到家""完美"。

《写诗与改诗》一文虽然不长，但诗不厌改那句话不仅仅是苗老的独创，更是一切诗歌爱好者不可逾越的规矩，否则诗歌创作难有突破。

2008年9月7日上午8:50～10:50

后又改六遍

“举得起，放得下，落地有声响”

——读《苗得雨文谈诗话》之十三

细细品味，苗老的诗就像他写的打夯歌一样“举得起，放得下，落地有声响”，一种创作风格像红线一样贯穿苗老诗中，镶入读者心中。

苗老的诗之所以让人感佩，是因为他六十多年的创作生涯，形成了自己独到的风格，使假冒伪劣者都望而却步。远的不说，仅以几诗为例。

“从生活出发。”苗老是一个善于观察生活，善于发现生活，更是一个善于表现生活的人。因此他的每一首诗都打着生活的烙印，他所写的内容都是“不易被人注意的，却是有意味的”。就以《红云歌》为例：“黑黑短发裁得齐，不插鬓花戴苇笠，不穿彩衣披蓑衣，不搽脂粉浴风雨。不舞小铲掌犁耬，不耕平川耕云霞，种籽播在白云下，高山飘舞高粱花。夏日高粱晒红米，红云搅在白云里，秋高气爽米熟透，又似高插万杆旗。”诗人一开始用了5个不字做排比，三下五去二就把一种声势、节奏打入读者的心里，不看都不行。往下读，那“种籽播在白云下，高山飘舞高粱花”。又仿佛给人画了一幅画，那画中有诗，诗中有画的意境又让人情不自禁地走进去。“夏日高粱晒红米，红云搅在白云里”，一个搅字又把人搅醉了。到“又似高插万杆旗”就把整首诗高举了起来，在读者心里手舞足蹈，又哪里舍得放下，即便相互争抢，失手了，落地有声响便成为不言自喻的了。这就是生活中出诗，诗又美化了生活，诗从生活升华的魅力。

“没见过的事情写不出”。是苗老诗歌具备“举得起，放得下，落地有声响”的又一关键。文中苗老坦言“我比较敢于在作品中袒露自己的内心，我写的和我想的是一致的。”正是由于这种心态，这种境界，苗老的诗便有了“心底无私天地宽”的大气。他的诗不仅用来歌颂，也敢于用来讽喻，且让人读着有趣。别小看“有趣”二字，这是检验诗水平高低的试金石、分水岭。“有趣”才能抓人，才能达到“润物细无声”的目的。讲到风趣，苗老的《蒙山海》又是范例。“人民斗敌又战灾，老蒋败了老天败。狂风黑风忙缴械，大小害虫齐悲哀。”短短四句，就把人民斗敌人又战胜自然灾害这一大一小的内容融为一体，看似说唱，却写了一个人志胜天，正义战胜邪恶的规律，又让人感到上口，有趣，不经意间透出了苗老驾驭诗歌的功力。

“味出来了。”把诗歌写得风趣逗人固然重要，但若不能出味，应该说是诗歌创作中的三环还缺一环。苗老写诗不仅注重前因，更注重后果，也就是政治上有分量，实践中耐嚼嗒。反映和代表苗老这种诗歌倾向的诗，如《贫下中农的板凳》“对面坐下笑碰笑”头一句一个碰字、两个笑字，就把中国的语言用到了极致。这个碰字虽比贾岛的“敲”字晚了不知多少年，但究其冲撞力我认为不比那个敲字逊色。接下来“挨肩坐下紧靠拢”虽有点实，有点平。但“一根火柴眼前亮，两只烟锅一起红”一个“亮”字，一个“红”字又把诗味推上去了。“碰”“亮”“红”三字能这样巧妙地出现在一起，仿佛给人一种“碰”出来的语言，而且天衣无缝的串挂在一起，像串珍珠，真该称其为语言大师。“想一道啊啦一道，小板凳上传感情。”“想一道啦一道”似有点实，但一个“传”字和后面的“手攒手儿啦不够，好像绳儿一起拧”，又使整首诗飞起来了。短短几句话，就把诗歌中的比兴、排比、形象、押韵等诸种因素展现出来，让人百读不厌，从内心产生一种感佩和向往，“举得起，放得下，落地有声响”，应该是写诗人追求的目标和风格。

2008 年 11 月 29 日

12 月 4～6 日又改

言语不多道理深

——读苗得雨《文谈诗话新编》之五

我这个人就是个找矿的。这不这几天在研读苗得雨《文谈诗话新编》(学习借鉴与诗)(与外国朋友谈诗)两篇文章时,先是发现《文艺特点的探求》中有些写作的经验,紧接着《再谈乡土诗》等几篇文中的警句也都跑出来,让我从这些只言片语中捕捉到了许多东西,于是信马由缰地把它们记下来,与人共赏,看是否有些意思。

"大众化不一定不是高、精、尖。"此语虽不能说是石破天惊,但却有矫枉高、大、全之力。为了说明这个问题,苗得雨说"世代被称为'经'的《诗经》,是大众化,也是高、精、尖。古今许多大诗人的名作,是来自生活和民间大众学习的成果,是高、精、尖,也是大众化。诗,以至整个文艺都来自大众,任何达到了高、精、尖的艺术,无不深深根植于大众和泥土,无不是大众化。"这就讲清了大众化与高、精、尖的关系,把那些臆造虚幻,假、大、空来了个宣判,指出了高、精、尖都来自于大众这一颠扑不破的规律,后边的"土的,不一定不洋,也不一定不成为洋。"与上句虽不同工,却有异曲之妙,让人看到"洋来自土,最土有可能成为最洋"。割去自卑之心,其实土洋是一种国与国、地与地的差异,在此为土,在彼为洋,既用不着自卑,也用不着媚外,只要挖掘出、发挥出自己的特色便是极品?《三国演义》《红楼梦》《水浒传》《西游记》在我们看来是土,介绍出去不也被外国人看作是洋中极品? 读这两段文字,让人心生豪气。

"要老不旧,新而不怪邪。"这说的是我们的优良传统不能丢,创新的步子不能停,使"传统一革新,不继承传统要走弯路,继承传统不革新也没有出路"的两极相互包容,走向和谐,从而创造出一种新作品,让人看着既有历史的影子,又有现实的光彩,让人看着舒服,读着顺气,不能说不是对创新的一种恰到好处的定位,这也正是对抓住传统不放和追求怪异、蔑视历史两种倾向的一种规劝和矫正。

"艺术,是一种提炼。""艺术是三行删去两行",这是对心血来潮、粗制滥造的一种警示,意在提醒文学工作者要有一种"两句三年得,一吟喜泪流"的精品意识,要有贾岛"鸟宿池边树,僧敲月下门"由推拥到敲的字斟句酌精神,不能割到筐里便是菜。一个提炼,道尽艺术的艰难,也提出了艺术的品位,让我读着脸红,久久不能忘却。

"诗还是要诗化,诗才兴旺。""诗歌诗歌,诗还是要歌的。"这两句话可以分开来理解,也可合起来理解。前句说诗要诗化,就是说要押大致相同的韵,文字要浓缩,句子要规整,立意要高雅。后句说得是诗歌要顺口,能吟能唱,不能散文化,随意化。看起来简单,其实谈的是诗歌标准,耐人寻味。

"有心栽花花不发,无心插柳柳成荫",是说写作的偶然性、必然性。当对事物还不能较全面深刻认识时,不要硬写、强写,即便写了也半生不熟,带着硬伤。但是假如你注意观察善于积累和提炼,你的诗或文就会在不经意间流出、写出,让人有一种瓜熟蒂落、水到渠成的自然,有一种无心为之皆美文的愉悦。

"腹中"应有"一世界",不能只有"一胡同"。这两句话更是让人读起来眉飞色舞,有一种豁然开朗之感。意思是"作家要全面了解生活,要有丰实的历史知识和生活知识"。要胸中有全局,手中有典型,要站得高看得远,有广度深度,有层次有境界,而不能鼠目寸光,一叶障目,坐井观天,不费吹灰之力,就形象贴切地说明作家的胸怀、修养、知识面的宽窄,写作技巧的巧妙决定文学作品的质量和影响,让人深有感触。

“生活中有悲壮,也有美妙,有号角,也有柳梢”,是指体裁的多样性、起伏性,既有波澜壮阔,也有惟妙惟肖,既有势如破竹,也有和风细雨,让人有各种各样的描述,各种各样的体验,既不一刀切,也不大糊弄,一切按艺术规律办,量体裁衣,丰富多彩。

“小说是纵横编织,诗是虚实结合”,这是取材,又是写作方法。让人读着有不着一字,尽得风流的畅快。

“写小说的要蹲,写诗的要跑。”说的是小说要蹲点体验,蹲下思考,蹲住编织、虚构;而写诗的要跑则指的是触景生情,有感而发,情随诗长,假如把这四句连在一起,仿佛就有一种文章当应这样写的顿悟。还有什么“全是花椒也不辣,全是芝麻也不香”,“糖多了不甜,浆糊多了不黏”,“热极生风,乐极生悲”这些充满哲理、充满辩证的话语,让人意识到凡事都要有个度,要恰如其分,过了头的东西就假了。自觉不自觉地去寻找那种“增之一寸则太高,失之一寸则太短”的美妙效果。再加上什么“门门有道,道道有门”,“看花容易绣花难”,“难者不会,会者不难”这些提倡实践,注意寻找规律,迎难而上,不畏艰难的格言警语,仿佛让人有一种怎样写、写什么的文章线路图,让人读了解渴,管用,不由自主地有一种言语不多道理深的感叹。

诚然,苗得雨的文学格言也不止这些,只不过在这里相对集中,我读着兴奋,就顺手把它们记了下来。

2008年5月14日

散文难得像说话
——再读《苗得雨散文三集》

把散文写得耐读、受看，应该是作者的共同追求。但是怎样把散文写得亲切、自然，让人读后有一种久久的回味，时不时地想起那本书，那篇文章，那句话，这可就是检验一个作家、诗人、散文家水平的试金石与分水岭了。

近60年来，人们只看重苗老的诗，其实他的散文也怪拿人的。前年去年我曾连续拜读了苗老的三本散文集，并写出了几篇读后感，但总有一种言犹未尽的感觉。于是我不得不重新打开苗老散文，想再拣拾一些金豆子。在读的过程中我发现苗老的散文之所以让人想着念着，就在于他的散文不矫揉不造作，自自然然、纯纯朴朴，像啦呱，似说话，不自觉中就把赞成什么，反对什么送进读者的眼中，灌入读者的心田。"像说话"是一些新派所不屑一顾的，其实是他们不了解个中滋味。中国向来把明白如话作为行文的最佳状态，而像说话又是说起来易做起来难的。苗老恰恰在这方面为我们树立了榜样。您看他写的《老伴的'俗语'》，"谁想我，谁念我，拿着财礼来看我！""谁想我，好心肠；谁骂我，长疔疮，头顶长到脚跟上！""不冷带衣裳，不饿带干粮。""宁看儿子的腚，不看女婿的脸"。"女大了外向，死了外葬"。"宁跟要饭的妈，不跟做官的大"。假如你不是父亲、岳父，似乎无动于衷；假如进入角色，你就会感到这是生活的写照，千真万确。四句俗语，刻划出了父子、岳父、女婿的人生百态，让人读了难以忘怀，个中滋味只有过来人才能体味。再如《二妗子》一文，开头苗老用了“二妗子也叫舅母”，下边写二妗子的身段、长相，与二舅的爱情遗憾，特别是因为二舅的木讷，二妗子“带着碎了的心走了，二舅见二妗子真走了，也一跺脚离开了家，上了东北大连。”文中那“赔三升麦子。三升？五升也行。就要三升，三升就三升。”写得多么细腻、传神，确实让人感到作文就是说话那么一种自然、舒畅、贴切。到后来二妗子、二舅都各成了新家，大家仍不忘二妗子。不仅写出了二妗子、二舅的心灵美，也写出了苗老及妻子的心态。一桩遗憾的婚姻展示了一种朴素的美，悲剧始，喜剧终，没有超人的功底，便不会有超人的文字。还有《休闲是一种“换肩”》：“休闲是一种‘换肩’。挑着担子，这肩换那肩上。”《月儿弯弯影儿长》《这次，写一写儿子》都是写的那么传神、到位。例如写儿子是这样写“沂蒙山老家人说：苗家庄有两个名儿起得最好，苗得雨和苗长水。”话虽不多，但一开场，就让人感受到了苗老的心态，让人有一种读下去的欲望。文中那真真切切的事，实打实的文字，让读者也不由得心升一种欣慰和满足。让人在不自觉中有一种欣赏和吸纳。苗老的散文几乎篇篇如此。在不渲染中渲染了，在不张扬中张扬了，在不宣传中宣传了。这就是苗老散文的魅力，随风潜入夜，润物细无声，“春风趁雨来梳柳，夜雨瞒人去看花。”翻看鲁迅的《秋夜》、李大钊的《五峰记》、胡适的《母亲》、朱自清的《背影》，我感到大家行文都不造作，他们共同的特点不是刻意，而是一种自然流露。这与那些惯于居高临下，装腔作势，堆砌词藻的人比，似乎少了不少华丽，但行文的自然、自如、纯朴恰恰代表了一种风格，反映了一条真理，凡是货真价实的东西，都用不着做广告、喊嗓子。无心为之皆美文。散文不是写出来的，是从心头小溪流出来的，是我读苗老散文的一得。

2009 年 6 月 21 日 7:30～8:50

苗老为我改文稿

写下这个题目，我竟不知道该怎样写，从哪里写了。

我这样说，人们也可能感到莫明其妙，一个从 2005 年 9 月 16 日开始到今年 9 月 16 日就满打满算写了苗得雨老 50 余篇读后感的人，怎么又不知如何下手写这篇文章了呢？关键就在这个 4 年 50 余篇文章上。当我静下心来翻看这 50 余篇文章，寻找入题的事例时，这些文章几乎篇篇都留着苗老的心血，篇篇都留有苗老的情义、期盼、引导、鼓励，它们几乎每篇都能找出苗老对我帮助指导的痕迹，又似乎用这 50 余篇文章也不能道尽苗老对我那份情上。就是在这种两难之间，我徘徊彷徨，真到了欲罢不能、欲放不忍的地步。无奈之中我选择了以开篇文章《感受苗得雨》为例，或许这样好驾驭一些。

《感受苗得雨》一文大约 1500 余字，而苗主席改动的地方就有 59 处，其中用来改变称谓的就有 10 处，文中凡我称他为主席的他都改为同志、他、老师、得雨、苗老，确确实实让人感到了那种“谦谦君子，卑以自牧”的谨言与自谦。凡文中阿拉伯数字与大写混淆的，苗老都一律改为阿拉伯数字。例如我写的“打从一九九六年”他改为 1996 年，而该用两而不用二字的他也不放过。对于表述不准确，容易生疑的地方他都一一改对。例如文中我写 14 日回到了淄博，苗老顺手加了个“当日”，看起来只有两字之差，却解决了一个让人费解和猜疑的问题。而对那些重复、拖沓的字苗老也不客气。例如原文是“今年6月10日，我到北京参加‘2005北京《新国风》端午传统诗人节’会议，在北京见到了苗主席，苗老用红笔一下子圈起了“在北京”三字，使文字避免了重复而显得简洁，对后边的“两套”也改为“几套”，“精装本”则一笔删掉。对诗“集”这类疏忽也认认真真改与书同名，用了一个选字。对有夸大之嫌的“立即产生一种”苗老划掉不用，仅用“感到”二字就表达清楚了，而不过份。紧接着的“信赖”改为“喜悦”，使其与前边的荣幸有了递进之感。对文中所用的引号、逗号、书名号，苗老也是一丝不苟。我数了一下，苗老在这篇文章中纠正的59处错别、不当处，光标点符号就占了18处。仅此一点不难看出，苗老在遣词造句上是多么严细，不仅不放过一个逗号，就连顿号也不含糊，使我这个写了40多年文章，自称舞文弄墨的读书人不仅脸红脖子粗，而且心中油然生敬，为文时不自觉中有一种战战兢兢、如履薄冰的敬畏。对文中所出现的“地、的、得”不分的，苗老又一口气改了5个。通过这一篇文章，联想后边的50余篇文章，苗老都一篇篇、一页页审阅、修改，所花费的精力、心血就可想而知了。

除本文外，对我的50余篇文章，苗老都写了中肯的意见和建议，多的是鼓励、包容、期盼。每每捧读都让我热血沸腾，庆幸自己遇到了知音，找到了好老师，虽有“桑榆晚”之叹，但更有“为霞尚满天”的壮怀。抓住机遇，学习苗老九牛一毫是我晚年心愿。

2009年8月28日

抓土产，文学创作的战略思维

——读苗得雨“抓土产、唱小调、出人才”

好久没读苗老的散文了。前两天用一天半时间通读了苗老馈赠的《苗得雨散文四集》，竟有四、五个命题争相从脑子里蹦出，尤其是那篇“抓土产、唱小调、出人才”竟让我半夜无眠，假如不把这种感觉写出来，心头就一直割舍不了，老在脑中打转。

“抓土产、唱小调、出人才。”是临沂党史委王滨采写的一篇访谈录。但除了开头过渡段外，文中所记录的都是苗得雨原汁原味的讲话。说到土产，人们并不陌生，但用来概括文学现象，指出文学创作规律、创作方向，这就是苗老的专利了。苗得雨在这篇访谈中首先涉及到的是“得抓出自己的特色。”因我后面还有一篇专门的文章《特色，文学创作的制高点》在这里就暂且压下，后面专谈我的感受。

“我说的第二个是抓土产，就是抓咱们山东特有的东西。去年沂蒙精神展在全国打响了。从那以后，沂蒙精神与井冈山精神、延安精神、太行精神并提，是全国革命精神的一个表现。”下面又讲了沂蒙山过去没有这个称谓，叫泰沂山系。因为一个孟良崮战役，把全国的形势扭转了，才让中国和世界知道了沂蒙山。沂蒙山，这是战争以来才渐渐叫响的。”苗老这一段抓土产，表面看起来很平静，其实是他 60 多年文学实践的总结和文学规律的概括。历史上一切的文学名著都产生在这个土字上，李白的《蜀道难》、杜甫的《茅屋为秋风所破歌》、臧克家的《老马》、贺敬之的《回延安》、蒲松龄的《聊斋志异》、曹雪芹的《红楼梦》、冯德英的《苦菜花》以及苗老自己的《旱苗得雨》、《走姑家》都是写了一时一地，但一旦与历史相结合，就不仅能够代表一个民族，而且能够被世界所共有、所分享。中国的是这样，外国也如此。高尔基的《我的大学》《母亲》、美国的《廊桥遗梦》不也让中国人看得如痴如醉？由此，不难看出，苗老的抓土产是从根本上点出了文学创作的思维方法，指出了文学要出精品，要传世，就必须立足本土，熟悉本土，挖掘本土，展示本土。土不仅能生万物，更能长文学。苗老的 60 多年文学生涯，就是立足临沂这块土，掘沂蒙这座山，而后与时代、历史揉合，提升和创造出了不离本土的文学经典。从这个意义上说，苗老的抓本土恰恰道出了文学的真谛，从一城一地中寻找那“人无我有”，从土中寻找民族与世界的现实与未来，谁做好了土产这篇文章就赢得了世界。土是文学的根，谁认识不到这一点，就意味着还没进文学之门。所以说，苗老的抓土产是一种战略思维，是一条光明之路，谁认识不到这一点，一切的创作都会状似飘萍，没有根基。

在谈到怎样把沂蒙山介绍的更远更响时，苗老说“咱就搞一个‘沂蒙小调合唱队’……组织十几个，专唱《沂蒙山小调》和我们的战争时期的一些歌曲，如《打蒙阴城小调》《一条扁担》，这些小调都是地道的沂蒙味。不要洋腔洋调，咱唱沂蒙小调，标题也是沂蒙小调，包括民间小调、民歌、柳琴戏等，也包括战争年代的小调、歌曲。你搞一台，拿到全国，哪能打不响？”这一段不仅透露出苗老在思维上从土字出发，在表现形式上仍是土字的延续，更展示了苗老的沂蒙情结。前边讲了立足点、出发点，现在又讲了形式与载体，就是通过什么渠道、什么形式把这种散发着芬芳的泥土味的文学创作出来，介绍出去。从表面上看是说的沂蒙山小调，实际上涵盖了文学形式，文学样式，就是哪一种是最佳选择。山东举办的中国全运会开幕式插曲就是《沂蒙山小调》，从某种意义上说是《沂蒙山小调》把沂蒙山推向了全国，电视连续剧中的红军阿哥你慢慢走，也是把那个土字发挥到了极致。建国60年来最流行，最受人欢迎的还不都是民歌、歌谣，和打着“山药蛋派”“荷花派”“延安派”“太行派”的土特产作品吗？这样一个土产、一个小调，就把方向和形式有机地结合起来，使人们不仅找到了船，更握住了桨，把立足于土产，发现土产，展现土产在文学上第一次提到了战略思维的高度，不能不说是一大发现，一大创造。

说到出人才这个问题，首先讲到“第一我要说的是把人才推出来，抓特长，抓人才。”又说“你要在沂蒙山选拔人才，搞那么一个合唱队、合唱团，拉到全国去演，到了时候咱就一定能够打响。”“抓土产，出人才。”这本来是苗老要谈的第一要义，为了叙述的方便，我把他安排在第三了。为什么这样排呢？我主观认为抓土还是抓洋是事关全局的。只要你把定位定在这个土字上，一切的思路就会围着这个土字转，就能发现一招鲜展示特色，没有土就没有特色，东北的二人转、江苏的越剧、安徽的黄梅戏、山东的吕剧、淄博的五音戏都是土特产，植物中“北有人参，南有葛根”也是土特产，看来只有土产才是克敌制胜、优胜劣汰的法宝。这个土是根深蒂固祖辈流传，挖不去，借不来。上面有了思维定势抓土特产，有了表现形式唱小调，那么在实施的过程中，人才也就顺理成章，呼之欲出。苗老的“抓土产、唱小调、出人才”实际上是一个文学创作的产业链，是并行不悖的三部曲，我之所以为这三句话倾倒，所折服，是因为它不仅拨去了土字头上的不实之词，让这个土字熠熠生辉，还指出了文学创作规律，更把一个土字提高到战略高度，提醒人们从宏观上去思维，不仅印证了文学，还印证了革命。“山沟里出不了马列主义”，八路面前加土这些一时的贬义词，不恰恰成就了毛泽东、共产党、八路军、新中国？一个土字风光无限，这不仅是个文学命题，也是个经济命题，一切的出口不都是我有人无的“土特产”，地区发展的优势不也集中在那个土字上？纵横比较就不难看出，苗老“抓土产、唱小调、出人才”思维方式的战略价值，只有抓住了纲，目才能张。

2010年1月20日

后　记

当我这本《苗得雨诗文启示录》即将付梓出版的时候，我不能不想到这一路走来，遇到的指路人、修路人、护路人。是他们的指点、搀扶、助力，才使这一梦想成真，变成现实。如果要说感谢，首先是要感谢中国著名诗人、散文家，山东省文联名誉主席苗得雨。没有他的指点、圈阅、审核、认可，我也不敢将此书公之于世。二是感谢原中共淄博市委书记杜祥荣，他看了我的书稿，写下了“感受苗得雨求教贯始终，学而得真道，陡然出水平。”中国书法家协会会员，原中共淄博市委副书记王行宏看了书稿，写下了“风雨一生为写真，随机开悟笔自神，磊落大雅抒胸臆，春风秋雨著奇文”的诗句来进行鼓励和肯定。中国作协会员，山东理工大学客座教授，硕士生导师张洪兴用一篇《心灵的对话》来肯定了此书的价值。在这本书能否出版的关键时期，得到了山东出版集团原总编辑张成新的肯定和支持，让著者感动不已。还有淄博文昌湖区龙泉村书记杨继玉也为该书的写作成书提供了创作室，给予很多便利和条件。村办公室的纪永秀同志则从始至终承担了打印和编辑部书稿的上传下达，付出了不少心血。在书稿的最后校对期，原淄博日报高级编辑、编辑部主任查晓东，又在照顾护理 87 岁老母住院的情况下用 6 个整天和夜晚突击对该书的标点符号、错字别字一一进行了订正，原济南军区老政治委员宋清渭上将欣然题写了书名。济南军区战士诗词研究会常务副会长李海涛等也从多方面给予关照。从这个意义上说，该书的付梓出版，不是我一个人的功劳，而是上下的一种互动，一种合力，也可以说是一种集体创作，因此，我要真诚地谢谢这些人。

至于书中的一些粗疏和不尽如人意之处，那是我自身学识，休养不够造成的，也敬请有识之士批评指正，在此表示深深的敬意。

国承新

2014 年 12 月

图书在版编目（CIP）数据

苗得雨诗文启示录 / 国承新著．—济南：山东教育出版社，2015

ISBN 978-7-5328-8821-4

Ⅰ. ①苗… Ⅱ. ①国… Ⅲ. 诗歌研究—中国—当代
Ⅳ. ① I207.22

中国版本图书馆 CIP 数据核字（2015）第 051877 号

苗得雨诗文启示录

国承新 著

主　管：山东出版传媒股份有限公司
出版者：山东教育出版社
（济南市纬一路321号　邮编：250001）
电　话：(0531) 82092664　**传真**：(0531) 82092625
网　址：www.sjs.com.cn
发行者：山东教育出版社
印　刷：山东德州新华印务有限责任公司
版　次：2015年4月第1版第1次印刷
规　格：787mm × 1092mm　1/16
印　张：12.25印张
字　数：153千字
书　号：ISBN 978-7-5328-8821-4
定　价：28.00元

（如有印装质量问题，请与印刷单位联系调换）

（电话：0534-2671218）